新潮文庫

学生との対話

小林秀雄 講義
国民文化研究会・新潮社 編

新潮社版
10671

はじめに

本書は、小林秀雄氏が、昭和三十六年（一九六一）から五十三年の間に、五回にわたって九州に赴き、全国六十余の大学から集まった三、四百名の学生や青年と交した対話の記録です。

毎年八月、国民文化研究会と大学教官有志協議会の主催で、九州の各地を会場に「全国学生青年合宿教室」と銘打った研修の場がもたれていました。小林氏は、五十九歳の年の昭和三十六年（於雲仙）、「現代思想について」と題して初めてその講壇に立ち、以後、六十二歳の三十九年（於桜島）には「常識について」、六十八歳の四十五年（於雲仙）には「文学の雑感」、七十二歳の四十九年（於霧島）には「信ずることと考えること」、七十六歳の五十三年（於阿蘇）には「感想—本居宣長《もとおりのりなが》をめぐって—」とそれぞれ講義を行い、これに続いて約一時間、聴講生たちの質問に答える時間をもちました。講義の模様は、いまは「新潮ＣＤ　小林秀雄講演」に収められ、質問と応答も一部が収められていますが、本書はその質問と応答をすべて文字化したものです。

小林氏は、昭和四十年に行われた岡潔《きよし》氏との対談「人間の建設」で、「問題を出すということが一番大事だ、問題をうまく出せばすなわちそれが答だ、いま物を考えている人がうまく問題を出そうとしない。答ばかり出そうと焦《あせ》っている」と言っていますが、「うまく問題を出す訓練」は、昭和七年から十年余り教鞭《きょうべん》をとった明治大学ですでに実践し、学生たちにうまく質問するということを学ばせるための時間をあえて設けていました。その「うまく質問する」とはどういうことかが、九州での学生青年合宿教室で毎回再現されました。

また氏は、文筆家として終生、文章すなわち書き言葉を重視したことは言うまでもありませんが、それと同時に話し言葉も大事にし、特に「本居宣長」に取組んだ晩年は、人間にとって話し言葉がどんなに大切かを熱心に説きました。文字のなかった時代の歴史である「古事記」や、生涯一行も書かなかった古代ギリシャの哲学者ソクラテスを引きながら、人間同士の会話とは相手に意味と同時に言葉を植えつけることだと諭し、その「意味と同時に言葉を植えつける」会話が、合宿教室の若者たちを相手に行われています。

文筆家としての自覚と矜持《きょうじ》を貫いた小林氏は、講演や対談の場での自らの話し言葉を文字にするときは、必ず速記原稿に目を通し、書き言葉に調えることを必須《ひっす》としました。したがって、学生青年合宿教室の講義も、文字化して記録に残したいという国民文化研究会の申し出を最初は拒みました。しかし、講義を聴いた学生の聴講記の形での要請には同意し、二回目からは速記原稿に自ら加筆し、質問・応答記録の収載も認めました。

今回ここに収録した学生たちの質問と小林氏の応答は、他に類を見ない小林氏の「会話教育」と「質問教育」の実態を、現代に、ひいては後世に伝えるべく、国民文化研究会と新潮社が、同会に残されている音声を新たに文字化し、小林氏の著作権継承者である白洲《しらす》明子《はるこ》氏のご検分とご容認を得て刊行するものです。したがって、本書の文責は国民文化研究会と新潮社にあることをここに明記し、読者には本書の刊行意図に対する格別の斟酌《しんしゃく》をお願いするとともに、「新潮CD　小林秀雄講演」によって、ぜひとも小林氏の肉声にふれて下さることをお願いします。

なお、本書には、全国学生青年合宿教室での講義のうち、「文学の雑感」と「信ずることと知ること」の二篇をも収めました。「信ずることと知ること」は、当初、「信ずることと考えること」と題して講義が行われ、『日本への回帰』(国民文化研究会発行)第10集に収められましたが、翌年さらに加筆して、雑誌『諸君!』に掲載されました。ここにはその初稿版、定稿版を、ともに収めました。小林氏が学生青年合宿教室の意義をどれほど高く評価し、そこで芽生えた自らの思想をどれほど大事に育てたかを、ここからも感取していただければ幸いです。

平成二十六年三月

新潮社

目次

学生との対話

講義

国民文化研究会の全国学生青年合宿教室で行われた講義から、「文学の雑感」「信ずることと知ること」の二篇を収録する。この二篇は、受講者が纏《まと》めた草稿に小林秀雄が加筆訂正を施して、それぞれ同会発行の「日本への回帰」第6集及び第10集に収載された。いずれも単行本や全集類には未収録である。

講義　文学の雑感

僕はこの頃ずっと本居宣長*のことを書いていますので、それに関する感想をお話しします。随分長い事かかっていると言われますが、本居さんは『古事記伝』*を書くのに三十五年もかかっているのです。余り早く書いては恥しいくらいのものです。言うまでもなくこの人は大変な学者であったが、学者といっても、今の学者の観念とは全然違うということがなかなか分らないのです。あの人は七十近くなってやっと

本居宣長　江戸時代中期の国学者。享保《きょうほう》一五～享和元年（一七三〇～一八〇一）。小林秀雄はこの講義を行った年の五年前、昭和四〇年六月から雑誌『新潮』に「本居宣長」を連載していた。

古事記伝　本居宣長の著作。「古事記」は現存する日本最古の歴史書、「伝」は注釈の意。

『古事記伝』を書き上げましたが、一生のうちに本は出せませんでした。出版の仕事が間に合わなかったのです。本が出たのは、あの人が死んでからあとです。今の学者は原稿を売り、印税を取っています。昔の学者は本を出すために金をためたのです。本居さんは小児科の医者で生計を立てていたのですが、いつでも身辺に竹筒を置いて、薬代や治療代の一部を少しずつ竹筒の中に入れてためていた。『古事記伝』を出版するための費用です。今日の学者とは大変な違いではありませんか。

諸君は本居さんのものなどお読みにならないかも知れないが、「敷島《しきしま》の大和心を人問はば朝日に匂《にほ》ふ山桜花《やまざくらばな》」という歌くらいはご存じでしょう。この有名な歌には、少しもむつかしいところはないようですが、調べるとなかなかむずかしい歌なのです。先《ま》ず第一、山桜を諸君ご存じですか。知らないでしょう。山桜とはどういう趣の桜か知らないで、この歌の味わいは分るはずはないではないか。宣長さんは大変桜が好きだった人で、若い頃から庭に桜を植えていたが、「死んだら自分の墓には山桜を植えてくれ」と遺言を書いています。その山桜も一流のやつを植えてくれと言って、遺言状には山桜の絵まで描いています。花が咲いて、赤い葉が出ています。山桜というものは、必ず花と葉が一緒に出るのです。諸君はこのごろ染井《そめい》吉野《よしの》という種類の桜しか見ていないから、桜は花が先に咲いて、あとから緑の葉っぱが出ると思っているでしょう。あれは桜でも一番低級な桜なのです。今日の日本の桜の八十パーセントは染井吉野だそうです。これは明治になってから広まった桜の新種なので、なぜああいう種類がはやったかというと、最も植木屋が育てやすかったからだそうで、植木屋を後援したのが文部省だった。小学校の校庭にはどこにも桜がありますが、まあ、あれは文部省と植木屋が結託して植えたようなもので、だから小学校の生徒はみなああいう俗悪な花が桜だと教えられて了《しま》うわけだ。宣長さんが「山桜花」と言ったって分らないわけです。

「匂う」という言葉もむずかしい言葉だ。これは日本人でなければ使えないような言葉と言っていいと思います。「匂う」はもともと「色が染まる」ということです。「草枕《くさまくら》たび行く人も行き触れば匂ひぬべくも咲ける萩《はぎ》かも」という歌が万葉集にあります。旅行く人が旅寝をすると萩の色が袖《そで》に染まる、それを「萩が匂う」というのです。それから「照り輝く」という意味にもなるし、無論「香《か》に匂う」という、今の人が言う香り、匂いの意味にもなるのです。触覚にも言うし、視覚にも言うし、艶《つや》っぽい、元気のある盛んなありさまも「匂う」と言う。だから、山桜の花に朝日がさした時には、いかにも「匂う」という感じになるのです。花の姿や言葉の意味が正確に分らないと、この歌の味わいは分りません。

宣長さんは遺言状の中で、お墓の格好をはじめ何から何まで詳しく指定しています。何もかも質素に質素にと指定していますが、山桜だけは本当に見事なものを植えてくれと書いています。今、お墓参りをしてみると、後の人が勝手に作ったものですが、立派な石垣などめぐらし、周りにいろいろ碑などを立てている。しかし肝腎《かんじん》の桜の世話などしてはいないという様子です。実に心ない業《わざ》だと思いました。

ある桜の大家が神戸にいる。もう大変な御老年で隠居暮しをされているが、私はこの人から桜のいろいろ面白い話を伺った事がある。この人は一生桜の事ばかりやって来た。親からの莫大《ばくだい》な財産を桜の為《ため》に使いはたしたという人です。この方のお父さんの遺言は、自分は金を遺《のこ》したのだから、お前は金を使え。金など決してもうけるな。自分の一番好きな事で、人の為になる事をやって、金をみんな使ってしまえという事だったのだそうです。この人は遺言通り、自分の一番好きな桜の研究とその普及の為に一生をささげたと言うのです。染井吉野というような、低級な桜ではなく、ほんとに一流の山桜を日本に普及させたいと一生努力したが、やはり桜に対する人の愛情というものが根本であって、現代はその根本のものが失われているのだから駄目であった。何もかも失敗であったと言うのです。

失敗談はいくらでもあったが、その一つ、奈良から橿原《かしはら》神宮まで、道にずっと山桜を植えるという運動を、知事が発起人になって起したことがある。そのための非常に優秀な桜をこの人は全部無償で提供した。ところが田圃《たんぼ》が日蔭《ひかげ》になるというので、県からその補償金をとれという反対運動を或《あ》る政党が主宰して起した。その人は毎日弁当を持って、百姓を説得して歩いた。何十年か後のこの参道の桜の満開を想像してみよ、諸君はみな酒をたずさえて花見に行くだろう、日蔭の事なんか、そうなったら諸君は許してくれるに決っている。とうとう説得が成功して、桜は全部植えられたのです。すべてがこの人の献身的努力だったのです。ところが、それからすぐ戦争になった。桜はみんな切られて了った。たき木になってしまったのです。「今では一本も残って居《お》りません。本当にくやしいことでした」と言っていました。

財産として最後に残ったのは、桜の苗園でした。ところが、その土地の横を新幹線が通ることになって、盛り土の泥が必要になり、買上げの問題が起りました。その土地の泥は、桜に最もよく適した泥で、何十年もかかって、やっと見つけたのだそうです。竹やぶだった所を買って、竹を全部抜いて苗園にしたのだそうです。だから政府の指定の換地の泥では駄目なのです。その人は「あれと同じような泥があったら、私は喜んで換えます。それでなければいやだ」と言った。「そんな土地に桜を植えて、あなたは何をしていらっしゃるのか」と訊《き》かれたので、「わたしは桜の欲しい人にやっているのです」と言った。しかし、誰もそんなことを信じる人はいないのです。そこへNHKが来て、テレビで貴方《あなた》の言い分を国民に訴えたらどうかというので、喜んで訴えたのだそうです。ところが後でテレビを見ると、いろいろな同じような事件の一つにそれが組みこまれていて、ごね得をする男の例の一つになっていた。「これも非常にくやしかった一例です」と言っていました。

宣長さんの頃は、日本で桜に関する好みも教養も一番高度に発達していた時だと、その人は言っていました。桜についての学問、勿論《もちろん》これは実地の学で机上の学ではないが、その研究が一番盛んで、日本の国民が桜というものに本当に愛情と生きた知識を持った頃だというのです。それで隅田川とか、その他どこでも桜の名所がありました。江戸市民は皆、お花見を楽しんでいたのです。今は全部亡《ほろ》びました。ところで、誰がそれを世話していたか。大変な費用がかかる桜の苗園の用意はどこでしていたか。それは千代田城の中にあり、幕府が全部やっていたのです。幕府としては、全くそれはあたり前の常識だったのです。それくらい、国民は誰もが桜というものを愛していたのです。

桜のことはそれくらいでいいとして、「大和心を人問はば」という「大和心」もむずかしい言葉です。あの頃は誰も使っていない大変新しい言葉だったのです。江戸の日常語ではなかったのです。なぜならば、「大和心」という言葉は平安期の言葉なのです。平安朝の文学を知らない人には、「大和心」などという言葉は分らない。「大和魂」という言葉もやはりそうで、平安朝の文学に初めて出て来て、それ以後なくなってしまった言葉なのです。なぜか誰も使わなくなってしまったのです。江戸までずっとあの言葉はありません。*賀茂真淵《かものまぶち》も「大和心」という言葉を使いましたが、宣長さんのように、正しい意味でこの言葉を使ってはおりません。「大和魂」という言葉が文学の上で一番さきに出て来るのは『源氏物語』で、それ以前にはありません。源氏の息子の夕霧が大学へ入ります。あの頃は大臣の息子なら、大学などへ入らなくても、出世はきまっていた。だから、大学へなど入らなくてもよいという反対も随分あった。その時源氏が「才《ざえ》を本《もと》としてこそ、大和魂の世に用ひらるる方も、強う侍《はべ》らめ」と言うのです。「才」とは学問ということです。大和魂をこの世でよく働かせる為には、やはり根底に学問がある方がよろしかろうというのです。「大和魂」と「才」とは対

賀茂真淵　江戸時代中期の国学者、歌人。元禄《げんろく》一〇～明和六年（一六九七～一七六九）。本居宣長の師。著作に「冠辞考」「万葉考」などがある。

立するのです。大和魂とは学問ではなく、もっと生活的な知恵を言うのです。『源氏物語』より大分あとになりますが、『今昔物語《こんじゃく》』にも「大和魂」という言葉が使われています。或る博士の家に泥棒が入り、家の物を全部取って逃げてしまった。博士は床下に隠れてのぞいていたのですが、余りに口惜《くや》しいので、泥棒に向って「貴様らの顔はみんな見た。夜が明けたらすぐ警察へ届けるから覚えていろ」と大きな声でどなった。そうしたら、泥棒たちは引き返して来て、博士を殺してしまった。そういう話があって、『今昔物語』の作者は、こういう批評を下しているのです。「才はめでたかりけれども、つゆ大和魂なかりける者にて、かかる心幼き事をいひて死ぬるなり」と。学識がある事と大和魂を持つことは違うのです。むしろ反対のことなのです。今日の言葉でいうと、生きた知恵、常識を持つことが、大和魂があるということなのです。

もう一つ例を挙げます。これは「大和心」の方です。「大和魂」は紫式部が言い出したのですが、「大和心」の方は赤染衛門《あかぞめえもん》です。恐らく両方とも女の言葉であったのだろうと思います。確証はありませんが。赤染衛門は大江匡衡《*おおえのまさひら》の女房ですが、亭主の匡衡がこんな歌を詠《よ》んでいます。この歌は実につまらない歌で、その当時の通弊がよく現われていると言える。赤染衛門に子供ができて、乳母をやとったところが、その

乳母に乳が出ない。それで、

　はかなくも思ひけるかな乳《ち》もなくて博士の家の乳母《めのと》せんとは

という歌を詠んだ。この「乳」には知識の「知」がかけてあります。「知識もない女が博士の家の乳母になるとは、随分ばかなことを考えたものだ」という洒落《しゃれ》です。それに対して赤染衛門がこういう歌を詠んで応《こた》えた。

　さもあらばあれ大和心しかしこくば細乳《ほそぢ》につけてあらすばかりぞ

一向に構わないではないか。大和心さえかしこければ、お乳など出なくても子供を預けてちっともかまわないという意味です。これは非常に強い歌です。ここでも、かたくなな知識と反対の、柔軟な知恵を大和心といっていた事がよくわかる。その頃、知識、学問は男のものだったでしょう。しかもみな漢文だった。漢文の学問ばかりやっていると、どうして人間は人間性の機微のわからぬ馬鹿《ばか》になるかと、女はみな考えたのです。大江匡衡は代表的な*文章《もんじょう》博士です。それがこういう馬鹿な歌を詠んでい

大江匡衡　平安時代中期の学者、歌人。天暦六〜長和元年（九五二〜一〇一二）。

文章博士　当時の大学の学科の一つ、文章科の教官の長。

るのです。

宣長は「大和魂」という言葉をどう使っていたか。その使用法を見てみましょう。宣長は契沖《けいちゅう》を大変尊敬していたが、契沖は『勢語臆断《せいごおくだん》』のなかで、業平《なりひら》の辞世の歌を非常にほめています。辞世の歌というのは、有名な「つひにゆく道とはかねて聞きしかど昨日今日とは思はざりしを」という歌です。人々は死なんとする時、悟りを開いたような偽りの歌を詠みたがるものだが、これは何と真実な正直な歌であろう、この人は一生のまこと、この歌にあらわれ、後の人は、一生の偽りをあらわして死ぬるなり、と感服している。これを宣長はまことに同感であると言って、「やまとだましひなる人は、法師ながらかくこそ有けれ」と書いております。大和魂を持った人とは、人間の事をよく知った、優しい正直な人を言うのです。「やまとだましひなる人」とは「もののあはれ」を知った人とさえ言えるでしょう。

『源氏物語』という大小説が女性の手になったという事には理由があるのです。一と口に言うなら、男は学問にかまけて、大和心をなくしてしまっていたのです。大和心をなくしてしまうように、日本人は学問せざるを得なかった、これは日本の一つの宿命なのです。日本は大昔から、いつでも学問が外からやって来た。自分に学問がなかったので、外から高級な学問が押し寄せて来て、これに応援しなければならなかった。

だから、日本人はいつも漢文で出来上がった学問と闘わねばならなかった非常に苦しい国民なのです。『古事記』という日本最初の国文も、漢文との闘いによって書かれた。この事をはじめてはっきり言ったのが宣長でした。

ご承知のように、日本人には古くからもう一つ『日本書紀』という歴史がある。今でこそ「記紀」と言って、先ず『古事記』があり、それから『日本書紀』があると、みな常識のように言っていますが、そういわれるようになったのは宣長からで、それまでは『古事記』というものは殆《ほとん》ど忘れられていて、『日本書紀』の方を誰もが大事にしてきた。というのは、それが立派な漢文であったからです。『古事記』も漢文には違いないが、ひどい漢文である。なぜそんな拙劣な、或《ある》いは奇妙な文体で書かれたかというと、まだ漢文が輸入されぬ前の口承による古伝を何とかして漢字、漢文を利用して現わしたいと努力した、国語はあったが、文字と言えば漢字しかなく、仮名も万

契沖　江戸時代前期の国学者。真言宗の僧。寛永一七～元禄一四年（一六四〇～一七〇一）。

勢語臆断　契沖の著作。「勢語」は、平安時代前期の歌人在原業平《ありわらのなりひら》らしき人物を中心とする歌物語「伊勢物語」のこと。

葉仮名という仮名が発明されたに過ぎず、後世の平仮名、片仮名もなかった頃だからです。うまい漢文を書くということが、文章を書くことだったのでしょう。日本人はそれを日本流に読んでいた。それを訓読と言います。今でも僕らは漢文を訓読しているでしょう。あの漢文の訓読というような方法をとったのは日本人だけです。お隣りの朝鮮にも、中国の文化は入って来たのです。しかし、朝鮮の人は漢文を朝鮮語で読もうとはしなかったのです。みんな棒読みです。だから、朝鮮の知識人の漢文はみな支那《シナ》の人と同じだったのです。日本人は翻訳しながら読んだ。その翻訳しながら読むことを、日本語で表わそうとしたのだけれども、発達した仮名がなかったから、漢字を正用するとともに、仮名としても使って、非常に複雑な表現法をとらざるを得なかった。これを読む苦心が宣長の『古事記伝』の苦心だったのです。

現代は「歴史」ということがやかましく言われているが、歴史の意味はなかなか正確にはつかみ難い。宣長という人は歴史にきわめて敏感だった人です。彼の歴史観で一番大切なところは、歴史と言葉、ある国の歴史はその国の言語と離す事が出来ないという考えです。ところが、今日は自然科学の発達による実証主義の考えが盛んで、歴史観も実証主義的になった。自然に関しては実証主義の考えは有力ですが、言語学は実証主義ではどうにもならない。そこで歴史の上で言語の問題が、ややもすると軽視されるという事になったのです。

宣長の学問の実証主義的性質は誰も言うところですが、なるほどこの人の学問は慎重着実であるが、研究の対象が歴史と言語にあるのですから、自然科学のように実証主義をどこまでも貫くというわけにはいかない。『古事記伝』をよくお読みになればすぐわかる事ですが、直覚と想像力の力が大きな働きをなしている。ご承知のように『古事記』は稗田阿礼《ひえだのあれ》が暗誦《あんしょう》したものを、太安万侶《おおのやすまろ》が筆記したものです。だから、あれはもともと話し言葉なのです。口承なのです。それを漢文で筆記したのです。あの頃は太安万侶の書いた漢文体の文章を訓読すれば、稗田阿礼の口調というものが想像できたに違いないのです。想像しやすいように、太安万侶も詳しい註を書いています。しかし、それは恐らくすぐに分らなくなったのだろうと思います。言葉というものは日に日に変って行くものですから。何年も経《た》つうちに、誰にも『古事記』は読めなくなったでしょう。『古事記』の訓点というものが現われるのはずっと後世になってからです。もうその時には、当時はどういう風に読まれていたかを想像する以外に方法はないのです。宣長はそれを想像したわけです。宣長の読み方は、宣長の発明であり、一つの創作なのです。『古事記』の書かれた当時に、あの様に読まれていたものかどうか。恐らく違うでしょう。では正確にはどう読まれていたか、誰にもそれを正確には言うことはできないのです。どんなに研究が進んでも、資料はもう出て来ませんから、多少の修正はあっても、宣長の読み方を変えることはできない。これは宣長の直覚力と想像力が、どれほど豊かで強かったかを証明しているのです。一度こう読めと言われて、なるほどと思ったら、もう仕方がない。敢《あ》えて言えば、それは紫式部が『源氏物語』をああいう風に書いてしまうと修正できないのと同じです。

先ほど「大和心」についてお話ししたが、宣長の学問を平田篤胤《ひらたあつたね》がついで、これを発展させようとしましたが、これがまた非常に文学から遠ざかった人で、その後ご維新が近づき、国学の影響が政治の上に現われて来るようになり、武士道と大和魂というものが結びつくのです。もともと武士道と大和心は何ら直接の縁はないのです。あれは女の作った、女の言葉ですから、大和心を持っているということは、むしろ「もののあはれ」を知っているということだ。

これは既に申した事だが、「もののあはれ」を知る心とは、宣長の考えでは、この世の中の味わいというものを解する心を言うので、少しもセンチメンタルな心ではない。「もののあはれ」を知りすごすことはセンチメンタルなことですが、「もののあはれ」を知るということは少しも感情に溺《おぼ》れることではないのです。これは柔軟な認識なのです。そういう立場から、あの人は『古事記』を読んでいます。三十五年やって、『古事記伝』が完成した時、歌を詠みました。

古事《ふること》のふみをら読めば古《いにし》への手ぶり言問《ことと》ひ聞見る如《ごと》し

この「ふみをら」の「ら」は「万葉」などにも沢山でてくる調子を整える言葉で、別に意味はない。「言問ひ」とは会話、言葉、口ぶりの意味です。これはつまらない歌のようだけれども、宣長さんの学問の骨格がすべてあるのです。宣長の学問の目的は、古えの手ぶり口ぶりをまのあたりに見聞きできるようになるという、そのことだったのです。普通の研究ではない。普通の研究というのは、理解すればいいのでしょう。それが今の学問だ。宣長のはそうではない。だから実証主義ではない。これが歴史を知るということなのです。

今の歴史というのは、正しく調べることになってしまった。いけないことです。そうではないのです、歴史は上手に「思い出す」ことなのです。歴史を知るというのは、古えの手ぶり口ぶりが、見えたり聞えたりするような、想像上の経験をいうのです。

平田篤胤　江戸時代後期の国学者。安永五〜天保《てんぽう》一四年（一七七六〜一八四三）。著作に「古史徴」「霊能真柱《たまのみはしら》」などがある。

織田信長《のぶなが》が天正十年に本能寺で自害したということを知るのは、歴史の知識にすぎないが、信長の生き生きとした人柄が心に想《おも》い浮ぶという事は、歴史の経験である。宣長は学問をして、そういう経験にまで達することを目的としたのです。だから、宣長は本当の歴史家なのです。宣長ほど、古い所を綿密によく調べた人はありません。調べて、古えに関する知識を得たのではない。古えの口ぶり、手ぶりがまざまざと目に見えるようになった、そこまで行った人なのです。これを本当に歴史を知るというのです。

歴史を知るというのは、みな現在のことです。現在の諸君のことです。古いものは全く実在しないのですから、諸君はそれを思い出さなければならない。思い出せば諸君の心の中にそれが蘇《よみが》えって来る。不思議なことだが、それは現在の諸君の心の状態でしょう。だから、歴史をやるのはみんな諸君の今の心の働きなのです。こんな簡単なことを、今の歴史家はみんな忘れているのです。「歴史はすべて現代史である」と*クローチェが言ったのは本当のことなのです。なぜなら、諸君の現在の心の中に生きなければ歴史ではないからです。それは史料の中にあるのではない。諸君の心の中にあるのだから、歴史をよく知るという事は、諸君が自分自身をよく知るということと全く同じことなのです。

諸君にとって子供の時代は諸君の歴史ではないか。日記という史料によって、君は君の幼年時代を調べてみたまえ。俺は十歳の子供の時に、こんな事を言い、こんな事を書いている。それは諸君にとって史料でしょう。その時諸君は歴史家になるでしょう。十歳の時の自分の日記から自己を知るでしょう。だから、歴史という学問は自己を知るための一つの手段なのです。

もう一つ重要なことは、歴史は決して自然ではないということです。現代ではこの点の混同が非常に多いのです。僕らは生物として、肉体的には随分自然を背負っています。しかし、眠くなった時に寝たり、食いたい時に食ったりすることは、歴史の主題にはならない。それは自然のことだからです、だから、本当の歴史家は、研究そのものが常に人間の思想、人間の精神に向けられます。人間の精神が対象なら、それは言葉と離すことはできないでしょう。宣長は『古事記伝』の中で、「事《コト》」と「意《ココロ》」と「言《コト》」、この三つは相称《あいかな》うものであると書いています。歴史というものは、そういうものである。

クローチェ　Benedetto Croce　イタリアの哲学者、批評家、歴史家。一八六六〜一九五二年。著作に「哲学（歴史叙述の理論と歴史）」などがある。

のなのです。

歴史は決して出来事の連続ではありません。出来事を調べるのは科学です。けれども、歴史家は人間が出来事をどういう風に経験したか、その出来事にどのような意味あいを認めてきたかという、人間の精神なり、思想なりを扱うのです。歴史過程はいつでも精神の過程です。だから、言葉とつながっているのです。言葉のないところに歴史はないのです。それを徹底して考えたのが宣長です。『古事記』は歴史の形式をとった、神話としては世界でも珍らしい神話ですが、古人はあのように考えたのです。あれが古人の思想であり、古意なのです。宣長はそれを信じた。それが迷信であったと言ってみたところで、歴史の上では意味のないことです。それが昔の人々の迷信であったとしても、今はまた違った迷信を持っているかも知れないのが歴史の真相ではないか。

神を信じ、神を祀《まつ》るというコンディションの中に人間が生活していた。『古事記』はその正直な記録であり、宣長は『古事記』そのままを信じたのです。この点で宣長ほど徹底した歴史家はいません。水戸《みと》光圀《みつくに》が『大日本史』*を書いたのは、『古事記伝』よりもずっと以前です。光圀は神代《かみよ》のとり扱いに困った。『大日本史』には神代はない。神武《じんむ》天皇からはじまる。あとは歴史から排除したのです。新井白石*も『古史通《こしつう》』

の最初に「神は人なり」と言っています。神は人間の尊称であり、国生みは国を治めたという意味だという風に、比喩《ひゆ》的に神代を説明します。

宣長はそうではなかった。『古事記』に書いてある事をそのまま受け取る方が歴史家として正道であるということを、はっきり言ったのです。それに違いないのです。今日の人は、あれは文学だ、歴史としては信じられないと言う。しかし、宣長は、歴史の根底には文学があると考えたのです。歴史の根底には、自然科学者が考えている事実などありはしないのです。事実は自然にしかありません。歴史は人間の心なのです。科学者は、人の心を心理上の事実と言い、これを研究するのが心理学だと言いますが、宣長が歴史の扱うものは人間の心、情《ココロ》だとするのは、歴史は心理学で研究できるという意味ではない。心理学は、人間の心を自然の事実なみに考え、これを心理上

大日本史　歴史書。明暦三年（一六五七）、後の水戸藩主、徳川光圀が編修に着手した。神武天皇から後小松天皇までの時代を漢文紀伝体で記す。

新井白石　江戸時代中期の儒学者、政治家。明暦三～享保一〇年（一六五七～一七二五）。「古史通」は白石の史論書で、正徳六年（一七一六）に成った。

の事実と考えますが、人間の生きている心を、死んだ自然的事実と同じに考える事は出来ないのです。生きた情は、文学的、具体的な言葉によって全的に表現できるが、抽象的言語によって説明しても、その一部が理解できるに過ぎないのです。

歴史上の出来事というものは、いつでも個性的なものでしょう。諸君の個性は、どの人もみな違うではないか。けれども物理学者にとっては、諸君の個性などないではないか。生物学者が諸君を観察すれば、諸君の個性は消え、人類という種が現われるでしょう。人間はみな同じことをやっていると言う。それは抽象的なことだが、そうしなければ科学は発達しないのです。だから、科学というものは個性をどうすることもできない。しかし、僕らの本当の経験というものは、常に個性に密着しているではないか。個性に密着しても、僕は生物たる事を止《や》めやしない。だから、科学よりも歴史の方がもとです。歴史の中には、抽象的なものも入って来るし、自然も入って来ます。しかしそれは歴史の一部です。

（昭和四十五年八月九日　於・長崎県雲仙）

講義　信ずることと知ること

この間、ユリ・ゲラーという青年が念力の実験というのをやりまして、大騒ぎになったことがありますね。私の友達の今日出海《こんひでみ》君のお父さんというのが、今は亡《な》くなりましたが、日本郵船の一番古い船長さんでした。その人が船長をやめてから、心霊学というものに凝って、インドの有名な神秘家、クルシナムルテという人の会の会員になりました。だから僕はああいうことは学生の頃からよく知っていました。ただ念力というような超自然的現象についての話が、世間を騒がすという事は、時々ある。私は、そういう現象は常にあるが、これが世間の大きな話題となるという事には、いろいろな条件が必要だ、そう考えています。ああいう不思議がいつもある、いつも私達の生活には随伴している事を疑いません。ところが、これを扱う新聞や雑誌を注意して見ていますと、その批評は実に浅薄なのですね。世間には、不思議はいくらもあるのですが、現代のインテリは、不思議を不思議とする素直な心を失っています。テレビで不思議を見せられると、これに対し嘲笑《ちょうしょう》的態度をとるか、スポーツでも見るような面白がる態度をとるか、どちらかでしょう。今の知識人の中で、一人くらいは、念力というようなものに対してどういう態度をとるのが正しいかを考える人がいてもいいでしょう。ところがいない。彼等にとって、理解出来ない声は、みんな不正常なのです。知識人は本当に堕落していますね。皆おしゃべりばかりしていますが、そういうことに対する正しい態度がないのです。

僕は丁度大学に入った時分、ベルグソン*の念力に関する文章を読んだことがあります。諸君に何かお話しようと思って、この間また読み返してみました。その文章は一九一三年に、ベルグソンがロンドンの心霊学協会に呼ばれて行った講演の筆記なのです（注／邦訳は『ベルグソン全集』第五巻『精神のエネルギー』所収の「『生きている人のまぼろし』と『心霊研究』」渡辺秀《わたなべしゅう》訳・白水社）。その大体のところをお話しましょう。

ベルグソンがある大きな会議に出席していた時、たまたま話が精神感応、テレパシーに及んだ。ある夫人が、フランスの名ある学者――この人は医者ですが――に向って、こういう話をした。この前の戦争の時、夫が遠い戦場で戦死するのです。パリにいたその夫人は、丁度その時刻に夫が塹壕《ざんごう》で斃《たお》れたところを夢に見たのです。それをとりまいている数人の兵士の顔まで見たのです。後でよく調べてみると、まさにその時刻に、夫はその夫人が見た通りの恰好《かっこう》で、側を数人の同僚の兵士がとりかこんで、死んだのです。これは、夫人が頭の中に勝手に描き出したものと考えることは、不可能です。どんな沢山な人の顔を描いた経験を持つ画家も、見た事もないたった一人の人の顔を想像裡《り》に描き出す事は出来ない。見知らぬ兵士の顔を夢で見た夫人は、この画家と同じ事です。夢に見たとは、たしかに念力という知られない力によって、直接に見たに違いない。そう仮定してみることには、何の不合理もないのです。

ところがその話を聞いて、医者はこう答えたというのです。私はその話を信ずる。夫人は立派な人格の持主で、嘘《うそ》など決して言わない人だと信じます。しかし、困ったことが一つある。昔から身内の者が死んだ時、死んだ知らせが来たという事は数限りなく多い。けれども、その死の知らせが間違っていたという経験も非常に多い。無数の正しくない幻があるでしょう。どうして正しくない幻の方をほっといて、正しい幻

ベルグソン　Henri Bergson　フランスの哲学者。一八五九～一九四一年。ベルクソン。直観主義の立場から近代の自然科学的世界観を批判した。主著に「時間と自由」「物質と記憶」「創造的進化」「道徳と宗教の二源泉」がある。

の方だけに気をつけるのか。たまたま偶然に当った方だけをどうして取上げなければならないか、とこう答えたというのです。ベルグソンは横でそれを聞いていたのです。そうすると、そこにもう一人若い女の人がいて、その医者に、「先生、先生のおっしゃることは私にはどうしても間違っていると思います。先生のおっしゃることは、論理的には非常に正しいけれど、何か先生は間違っていると思います」と言ったというのです。ベルグソンは、私はその娘さんの方が正しいと思ったと言うのです。

これはどういうことか。ベルグソンはその講演で、こういう説明をしています。一流の学者ほど自分の方法というものを固く信じている。それで、知らず知らずのうちに、その方法の中に入って、その方法のとりこになっているものだ。だから、具体的ないろいろの現象の具体性というものに目をつぶってしまう。今の場合でも、その医者は夫人の見た夢の話を好きなように変えてしまう。その話は正しいか正しくないか。夫人が夢を見た時、たしかに夫は死んだか、あるいは間違いで夫は生きていたかという問題にしてしまう。しかし、その夫人は問題を話したのではなく、自分の経験を話したのです。夢は余りにもなまなましい光景であったから、それをそのまま人に語ったのです。それは、その夫人にとって、たった一つの経験的事実なのです。医者はそれを主観的だというのです。そんな馬鹿《ばか》なことはないじゃないか。本当に切実な経験というものは、主観的でも客観的でもないですね。つねられて痛いと感ずる経験と同じです。痛いというのは主観的なことか、客観的なことか。どっちでもないじゃないか。本当に直接には僕の心の中の経験じゃないか。夫人が夢に見たなまなましい話を、たしかに夫は斃れたか、斃れなかったかという問題にすりかえてしまうと、夢が正しい場合の数と、間違った場合の数を比較しなければならないし、そうすれば間違った場合の方が無限に多いでしょう。当った方は偶然ということになるでしょう。なぜ偶然という結論が出るかというと、夫人の経験の具体性を信じないで、果して夫は死んだか、死ななかったかという抽象的問題に置きかえるからだと言うのです。

こういう話では諸君なかなか分りにくいでしょう。その底にベルグソンの大きな哲学がありますから。今日学問といえばみな科学です。しかし、この科学というものは、始まってからまだ三、四百年しか経《た》っていないのです。科学的精神などというのは、ほんの近頃の風潮なのです。経験科学ということを言うでしょう。ああいう言葉が非常にまどわしい言葉なのです。経験というものは、人間昔から誰でもしていることですが、この人間の経験なるものを、科学的経験というものに置き換えたということは、この三百年来のことなのです。そのために今日の科学は非常に大きな発達をしましたが、この科学的経験というものと、僕らの経験というものとは全然違うものなんです。

今日科学の言っているあの経験というものは、合理的経験です。大体、私たちの経験の範囲というのは非常に大きいだろう。われわれの生活上の殆《ほと》んどすべての経験は合理的ではないですね。その中に感情も、イマジネーションも、道徳的な経験も、いろんなものが入っています。それを、合理的経験だけに絞ったのです。だから科学は、人間の広大な経験を、きわめて小さい狭い道の中に押し込めたのです。これをよく考えなければいけないのです。科学というものは、計量できる経験だけに絞ったのです。いろいろな方向に伸ばすことができる広大な経験の領域を、勘定することのできる、計量することのできる経験だけに絞った。そういう狭い道を行ったがために、この学問は非常に発達したのです。だから、今日の科学というものは、数学がなければなり立ちません。一番先に天文学ができたでしょう。それから力学、物理学、生物学、化学という風に、だんだん発達して来たけれども、理想とするところは、いつでもはっきりした計算です。だから、近代科学というものの法則を定義すれば、それは一つの計量できる変化と、もう一つの計量できる変化との間の、コンスタントの関係ということです。科学はいつでも、この法則の下にあるのです。科学は法則に従う経験だけに人間の経験を狭めたのです。そういうことを諸君ははっきり知っていなければ駄目です。

科学では計量ということが一番大事なことだから、十七世紀以来科学が最も困ったのは精神の問題、心の問題だったのです。精神というものは計れないだろう。科学は君の悲しみを計算することはできないだろう。だから科学は、人間の精神というものを、人間の脳に置き換えたのです。脳の分子の運動さえ正確に計れば、精神というものが正確に計れる筈《はず》であるという仮説を立てたのです。これが心身並行論という仮説です。脳髄は分子の運動から成り立っているのだから、その運動をたどればこれは数学に乗っかります。まだ未知だけれども、だんだん精密に計ってゆけば、遂《つい》には精神に到達する、精神の法則が分るという道を科学は進んだのです。ベルグソンは、長いこと信じられていたこの脳と精神との並行関係を、始めから疑わしいものと思っていたと言うのです。常識で考えてみよ。一体この自然には、無駄というものがない。ある一つのものが、片方では脳髄の原子の運動に翻訳されて表現される。同じものが片方では意識の言葉となって表現される。一体自然にとって、こんな贅沢《ぜいたく》は許されるだろうか。もし本当に脳髄の運動と、人間の意識の運動、精神の運動が並行しているな

＊心身並行論　哲学上・心理学上の仮説。精神の現象と身体の現象とは、並行的な対応関係をもっていると説く。パラレリスム parallélisme（仏）。

らば、どうして自然はこの二つの表現を必要としたのだろう。それなら、精神なんかいらないじゃないか。盲腸は人間の器官として役に立たない不用のものだから、なくなってしまったじゃないか。無駄なものは、とうの昔になくなっている筈ではないか。第一、習慣になれば意識などはいらないでしょう。そんな時には、諸君の意識というものは、すっかり退化して、なくなっているでしょう。もしも、脳髄の運動と精神の運動が、同じものの二つの表現ならば、表現はたった一つでいいわけだというのです。

それで、彼は記憶の研究に入っていったのです。なぜ記憶の研究をしたかというと、人間の言葉の記憶というものが、脳髄のある一個所にあることが分っていたからです。脳髄のある個所に言語中枢《ちゅうすう》があり、その限られた局所が傷《きず》つけられると失語症になるのです。あの人は失語症の研究を長い間したのです。そうして、あの人は天才的な発見をしたのです。今日細かいところはだんだん発達していますが、この発見の根本のところは動かないのです。それはどういう発見かといいますと、精神と脳髄の運動は並行していないという事なのです。脳髄の、記憶が宿っていると仮定されているところが損傷されますと、人間は記憶が傷けられるのではなくて、記憶を思い出そうとするメカニズム、記憶を感知する装置が傷けられるのです。そのため人間は記憶を失うので、記憶自体は少しも傷けられてはいないのです。もしも並行しているならば、そういう局所に損傷を受ければ、記憶そのものがなくなってしまうわけです。しかし記憶自体はなくならないのです。ただそれを呼び起すメカニズムが損傷されたから、記憶がまるでなくなってしまうような状態になるのです。だから、脳髄の分子の運動を詳しく研究して行って分ることは、ベルグソンのたとえでいいますと、それはオーケストラを指揮している指揮棒だというのです。指揮棒は見えるが音は決して聞えないというのです。指揮棒は脳髄の働きで、音は精神なのです。僕らの脳髄はパントマイムの器官なのです。パントマイムの舞台で俳優がいろいろな仕草をするのを、僕らは見ることができる。脳髄の運動はそういう仕草をしているのです。けれども台詞《せりふ》は決して聞えない。この台詞が記憶なのです。精神なのです。脳髄は精神の機能ではないのです。脳髄は人間の精神を、この現実の世界に向けさせる指揮をとる装置なのです。だからベルグソンは、人間の脳髄は現実生活に対する注意の器官であると書いています。注意の器官だが、意識の器官ではないのです。意識を、この現実の生活につなぎとめる作用をしているのです。人間はみな、忘れる忘れるといいますが、人間にとって忘れるくらいむずかしいことはないのです。例えば溺《おぼ》れて死ぬ男が、死ぬ前に自分の一生を見るとか、山から転落する男が、その瞬間に自分の子供の時からの歴史をぱっと見るとかいう話はよく聞くでしょう。それは記憶なんです。その時、その人間は、この現世、現実生活というものに対する注意を失うのです。この現実に対して全く無関心になるのです。けれども人間はこの脳髄というものを持っているお蔭《かげ》で、いつも必要な記憶だけを思い出すようになっているのです。脳髄はいつでも、僕に現実の生活をするのに便利な記憶だけを選んで思い出させるようにしているのです。その注意の器官たる脳髄の作用が鈍ると、記憶はぱっと出て来るのです。だから諸君はいつでも、諸君の全歴史をみんな持っているんです。それを知らないだけです。それを無意識というのです。諸君が意識しているということは、諸君がこの世の中にうまく行動するための意識なのです。無意識はいつでも諸君の中にかくれているのです。

ベルグソンがそういう発見をした頃に、心理学の方で無意識ということが非常に大きな問題になりました。不思議なことというものは、この世に溢《あふ》れているのです。精神というものは、いつでも僕らの意識を越えているのです。そして、いつでも表われる機を狙《ねら》っているのです。そう考えれば魂というものの存在も、頭から否定する事は出来ない。僕らが死ねば、霊魂はなくなるとみんな考えている。だが、しっかりした根拠によってそう考えているのではない。それはやはり、この三百年来の科学というものの考え方にばかされているんです。もしも、脳髄と人間の精神が並行していないなら、僕の脳髄が解体したって、僕の精神は独立しているかも知れないではないか。

これは常識で考えられることです。記憶と脳髄の運動というものは、並行していない、お互いに独立しているのです。人間が死ねば魂もなくなると考える、そのたった一つの理由は、肉体が滅びるという理由しかないではないか。これは十分な理由ではないではないか。

僕がこうして話しているのは、僕の理性が話しているのですし、ベルグソンが一所懸命に説いているのも、理性に従って説いているのです。けれども、これは科学的理性ではない。僕らの持って生れた知恵です。持って生れた理性です。科学は、この持って生れた理性というものに加工をほどこし、科学的方法とするのです。計算できるということと、理性があるということは違いましょう。計算できるということは、ある学問の、ある方法だろうが、学問の種類は非常に多い事も考えなければならぬ。そんな方法だけに従わなくても、立派な学問をしている人もあるでしょう。

僕らはいま月に行けるでしょう。科学の方法が僕らを月に行かせているのです。それは、僕らが行動の上において、非常な進歩をしたということです。けれども、僕らが生きてゆくための知恵というものは、どれだけ進歩していますか。例えば『論語』以上の知恵が現代人にありますか。これは疑問です。僕らの行動の上における、実生活上の便利さは、科学が人間の精神を非常に狭い道に、抽象的な道に導いたおかげだといえるでしょう。そういうことを、諸君はいつも気をつけていなければいけない。理性は科学というものをいつも批判しなければいけないのです。科学というのは、人間が思いついた一つの能力に過ぎないという事を忘れてはいけない。心理学というものも非常に発達しましたが、それも、人の心を物的に扱う線上に発達するので、人間の人格というようなものになると、うまくあつかえない。この線では少しも発達していません。今は昔のように狐憑《きつねつ》きなどというものはない。しかし、ノイローゼ患者はいっぱいいる。ああああれはノイローゼだというレッテルを貼《は》るだけです。狐憑きというレッテルと、レッテルたることにおいてちっとも違いはありません。ただ現代の知識人は、自分の合理的な意識というものに対して、非常に傲慢《ごうまん》な自惚《うぬぼれ》を持っています。「あのノイローゼは、近頃の研究によると、ちょっと違ったノイローゼらしいよ」などというのです。それで事はすんだと思い込んでいるのです。それでおしまいですね。そういう風なことになってしまった。

この間、こちらへ来る前に＊柳田國男《やなぎたくにお》さんの『故郷七十年』という本を読みました。前から聞いていたのですが、まだ読んでいなかったのです。柳田國男さんという人は、諸君もよく読むといいです。今の新しい顔したみたいな本に、大体ろくな本はないです。日本だけじゃない。どこの国もいけませんね。

その『故郷七十年』という本は、あの人が八十三の時に口述筆記をした本で、「神戸新聞」に連載されたものです。その中にこういう話があった。あの人の十四の時の思い出話が書いてあるのです。その頃、あの人は茨城県の布川《ふかわ》という町の、長兄の松岡鼎《かなえ》さんの家にたった一人で預けられていた。その家の近所に小川という旧家があって、非常に沢山の蔵書があった。柳田さんは毎日そこへ行って本ばかり読んでいたので、身体《からだ》を悪くして学校にも行けなかった。その旧家の奥に土蔵があって、その前に二十坪ばかりの庭がある。そこに二、三本樹《き》が生えていて、石で作った小さな祠《ほこら》があった。その祠は何だと聞いたら、死んだおばあさんを祀《まつ》ってあるという。柳田さんは、子供心にその祠の中が見たくて仕様がなかった。ある日、思い切って石の扉を開けてみた。そうすると、丁度握り拳《こぶし》くらいの大きさの*蠟石《ろうせき》がことんとそこに納っていた。実に美しい玉を見たのです。その時、不思議な、実に奇妙な感じに襲われたと言うの

柳田國男　民俗学者。明治八～昭和三七年（一八七五～一九六二）。日本の民俗学の確立に尽した。著作に「遠野物語」「蝸牛考《かぎゅうこう》」などがある。

蠟石　蠟のような光沢と質感のある鉱石。古来、石筆や印材に用いられた。

です。それで、そこにしゃがんでしまって、ふっと空を見た。実によく晴れた春の空で、真青な空にいっぱい星が見えた。その頃自分は十四でも非常にませていたから、いろんな本を見て天文学も相当知っていた。今頃こんな星がある筈がない。今頃出る星は、俺の天文学の知識ではあんなところにある筈はない、ということまでその時考えたそうだ。けれども、その奇妙な気持はどうしてもとれない。その時鵯《ひよどり》が高空でぴいっと鳴いた。その鵯の声を聞いた時に、ぞっとして我に帰った。そこで柳田さんはこう言っているのです。もしも、鵯が鳴かなかったら、私は発狂していただろうと思うと。ただ私はその後たいへんな生活の苦労をしなければならなかったので、そのために私は救われたのであると書いてあるんです。僕はそれを読んだ時非常に感動しましたね。ははあ、これで僕は柳田さんという人が分ったと思いました。こういう人でなければ、民俗学なんてものはできないのです。民俗学も一つの学問だけれども、科学ではありません。科学の方法みたいな、あんな狭苦しい方法では、民俗学という学問はできない。それから、もっと大事なことは、鵯が鳴かなかったら発狂するというような、そういう神経を持たなければ民俗学というものはできないのです。そういうことを諸君よく考えてごらんなさい。僕はその時はっと感動して、ああ柳田さんの学問の秘密は、こういう感受性にあったのだと気づきました。柳田さんは沢山の弟子を持っている。けれども、柳田さんの著述は非常に面白いが、弟子の書いたものはどうも面白く思えない。何故《なぜ》かといいますと、弟子どもは学問はしていますが、或《あ》る感受性に欠けている。その感受性というのは何ですか。柳田さんは、祠の中の蠟石の中に、おばあさんの魂を見たのです。柳田さんは、後から聞いたと言っていますが、お孫さんが、おばあさんは中風《ちゅうぶ》になって寝ていて、いつもその蠟石で体をこすっていた。おばあさんを祀るのに、この玉が一番記念になるだろうと言って、祠に入れてお祀りをしていたのです。少年がその玉をみて、怪しい気持になったのは、その玉の中に宿ったおばあさんの魂が見えたからです。何でもないことです。だから柳田さんは、馬鹿々々しい話なら沢山ございますよと言ってそういう話を書いている。けれども本当の話です。馬鹿々々しいから嘘ということはありません。柳田さんは、そう言いたいのです。

柳田さんは、幸いにして後に生活の苦労をしなければならなかったから、私は救われたと言っています。しかし、生活の苦労なんて、誰だってやっています。特に、これを尊重するのは馬鹿々々しいことでしょう。当り前の事です。おばあさんの魂の存在など、とり上げて論ずるまでもない、当り前のことです。生活の苦労も、取り上げて論ずるまでもない、当り前の事だ。柳田さんは、そう言いたいのです。諸君はみんな自分の親しい人の魂を持って生きています。死んだおばあさんをなつかしく思い出す時に、諸君の心に、それはやって来ます。それが、昔の人がしかと体験していた魂です。それは生活の苦労と同じくらい平凡なことで、又同じくらいリアルなことです。柳田さんはこういう思想を持っているから民俗学ができるのです。けれども、現代のインテリには、なかなかこういう健全な思想が持てない。だから民俗学が生気を失うのです。

柳田さんの話になったので、ついでにもう一つ話しましょう。柳田さんに『山の人生』という本があります。山の中に生活する人の、いろんな不思議な話を書いている。その序文に、今では記憶している者が私のほかに一人もあるまいから書いておく、という言葉があります。それは美濃《みの》の国の或る囚人の話です。その人は牢《ろう》に入る前は炭焼きだったのです。深い山で炭を焼いて、里に持って行って売っていた。おかみさんは早く死んで、十三になる男の子がいた。それから、どういう事情か知らないが、同じ年頃の女の子を一人貰《もら》っていた。三人で暮していたのですが、大体里に下るとお米一合にはなっていたのに、炭が全然売れなくなった。ある日、炭を持って里に下るのですが、やはり売れない。手ぶらで帰って来る。そうすると、もうひもじがっている子供の顔を見るのが恐しく、余りに子供がかわいそうで、こそこそ自分の部屋に入って、ころんと昼寝をしてしまうんです。ふっと目がさめると何か音がする。のぞいて見ると、男の子がなたを研いでいるのです。女の子はしゃがんで見ている。夕日が小屋の入口に一面に当っていた。男の子は、そのなたを持って夕日の当っている入口の丸太の上にころんと寝た。女の子もころんと寝た。そして「おとう、俺たちを殺してくれ」といった。その時、その炭焼きは、くらくらと目まいがして、何か分らないが殺してしまうのです。なたで子供の首を打ち落してしまうのです。自分も死のうと思うのですが、うまくゆかないで里をうろうろしているところを警察につかまったという話なのです。それを序文に書いている。その時柳田という人は何を考えていたのでしょうか。

丁度その頃は、西洋直輸入の自然主義文学の盛んな時だった。心理的な恋愛小説などがいくつも書かれて、これが人生の真理であると言って得意になっていた。それが柳田さんには実に気に食わなかったのではないかと思います。子供を二人殺してしまった囚人の単純な話は、大変悲惨な話ですが、装《よそお》いを知らぬ健全な話ではないでしょうか。子供は、おとっつあんがかわいそうでたまらなかったのです。ひもじかったには違いないけれども、俺たちが死ねば、少しはおとっつあんも助かるだろうと、そういう気持でいっぱいなんじゃないか。そういう精神の力で、平気でなたを研いだんでしょう。そういうものを見ますと、何と言っていいか、言葉というものにとらわれない、と言うのは心理学なんかにとらわれない、本当の人間の魂が感じられます。僕がそういう話に感動すれば、そういう子供の魂はきっとどこかにいる筈です。そういうところまで、今のインテリゲンチャは下りてみなければ駄目なのです。それでなければ、この思い上った精神の荒廃というものは、おさまることはないと、僕は思うのです。余りに言葉が多過ぎるのです。人類をどうしたらいいかというような空疎《くうそ》なおしゃべりが多過ぎますね。

僕は信ずるということと、知るということについて、諸君に言いたいことがあります。信ずるということは、諸君が諸君流に信ずることです。知るということは、万人の如《ごと》く知ることです。人間にはこの二つの道があるのです。知るということは、いつでも学問的に知ることです。僕は知っても、諸君は知らない、そんな知り方をしてはいけない。しかし、信ずるのは僕が信ずるのであって、諸君の信ずるところとは違うのです。現代は非常に無責任な時代だといわれます。今日のインテリというのは実に無責任です。例えば、韓国の或る青年を救えという。責任を取るのですか。取りゃしない。責任など取れないようなことばかり人は言っているのです。信ずるということは、責任を取ることです。僕は間違って信ずるかも知れませんよ。万人の如く考えないのだから。僕は僕流に考えるんですから、勿論《もちろん》間違うこともあります。しかし、責任は取ります。それが信ずることなのです。信ずるという力を失うと、人間は責任を取らなくなるのです。そうすると人間は集団的になるのです。自分流に信じないから、集団的なイデオロギーというものが幅をきかせるのです。だから、イデオロギーは常に匿名《とくめい》です。責任を取りません。責任を持たない大衆、集団の力は恐しいものです。集団は責任を取りませんから、自分が正しいといって、どこにでも押しかけます。そういう時の人間は恐しい。恐しいものが、集団的になった時に表に現れる。本居宣長を読んでいると、彼は「物知り人」というものを実に嫌っている。ちょっとおかしいなと思うくらい嫌っている。嫌い抜いています。

彼の言う「物知り人」とは、今日の言葉でいうとインテリです。僕もインテリというものが嫌いです。ジャーナリズムというものは、インテリの言葉しか載っていないんです。あんなところに日本の文化があると思ってはいけませんよ。左翼だとか、右翼だとか、保守だとか、革新だとか、日本を愛するのなら、どうしてあんなに徒党を組むのですか。日本を愛する会なんて、すぐこさえたがる。無意味です。何故かというと、日本というのは僕の心の中にある。諸君の心の中にみんなあるんです。会を作っても、それが育つわけはないからです。こんな古い歴史を持った国民が、自分の魂の中に日本を持ってない筈がないのです。インテリはそれを知らない、それに気がつかない人です。自分に都合のいいことだけ考えるのがインテリというものなのです。インテリには反省がないのです。反省がないということは、信ずる心、信ずる能力を失ったということなのです。

ここで、考えるという言葉についての宣長の考えをお話ししたいと思います。「考える」の古い形は「かむかふ」です。宣長はこれについて次のように説明します。「か」は特別の意味のないことばです。「む」は「み」すなわち自分の身です。「かふ」は「交わる」ということです。だから、考えるということは、自分が身を以《もっ》て相手と交わるということです。宣長の言によると、考えるとはつきあうという意味です。ある対象を向うに離して、こちらで観察するという意味ではありません。考えるということは、対象と私とが、ある親密な関係へ入り込むということなのです。だから、人間について考えるということは、その人と交わるということなのです。そうすると、信ずるということと、考えるということは、大変近くなって来はしませんか。万人のように考えるということは、ある共通な方法というものがあって、その方法に従って対象をいろいろに吟味するということです。今の学問的に考えるというのは、そういう意味です。それと、信ずるということとは大変違います。しかし、宣長のやったことは文献学です。あの人のいう古学です。人間の表現についての学問でしょう。だから要するに人間を考えることです。人間というものは、死んだ物質ではないから、対象化して、こちらから観察するわけにはいかないものです。さっきも言ったように、人間というものを考えると、どうしても人間の精神の活動というものを考えなければならぬ。精神というものを科学的に考えると、前にお話ししたように、どうしてもそれを計算できる肉体にすりかえねばならぬ。科学の方法ではそういうことになります。人間をその生きているがままに考えるというようなことは、科学の方法ではできないのです。だから、これと交わるということしかないんだ。その人の身になってみるということですね。考えるためには、非常に大きな想像力がいります。科学、科学というけれども、本当の発明や発見をした人はみなそうだったのです。長い間事実と人間のようにつき合っていたのです。交わっていたのです。自分の実験しているいろんなものが、本当に親身なものになったのですね。

知るということも、熟知という言葉があるでしょう。諸君は知っているつもりでも、本当には知らないのです。本当に知るためには、浅薄な観察では駄目でしょう。あるものを観察するとか、解釈するとかいう時には一つの観点というものがいりますね。ある観点に立って、そこから観察する。しかし本当に知るためには、そんな観点などみないらなくならなければ駄目です。「人間は考える葦《あし》である」というパスカルの言葉について、僕は昔書いたことがあります。おそらくパスカルの真意は、人間はいろいろのことを考える事の出来る能力を持っているが、葦の如く弱いものなのだという意味ではないでしょう。むしろ、人間は葦の如く弱い存在だが、そういう人間の分際というものを忘れずにものを考えなければならぬというのが真意ではないか。これは勝手な僕の解釈ですが。人間は抽象的に考えるという時には、人間であることをやめます。自分の感情に従うという弱い状態を忘れます。けれども、人間が人間の分際をそのまま持って相手を考えるという時には、その人と交わるということになりはしないか。相手の心の中に飛びこむのです。子を見ること親に如《し》かずというでしょう。親は子と長い間つき合っているから、子供について知っているのです。母親は子供を見るのに観点というものを持っていないでしょう。科学的観点に立って、心理学的観点に立って、子供を観察したりはしません。子供の内部に入りこむ直観を重ねるのです。精神感応などとやかましいことを言うけれども、僕らはみな感応しているのです。人間が分るなどというのは、一目で分ることがあるのです。千里眼ですね。

(昭和四十九年八月五日　於・鹿児島県霧島)

対話

国民文化研究会の全国学生青年合宿教室において、講義の後に設けられていた質疑応答の時間に、小林秀雄が学生たちと交した対話の全貌《ぜんぼう》である。本書の一三頁《ページ》〜五四頁に収録した講義録には、この学生との対話と内容の重複する部分がある。講義録の発表に際し、学生の質問を受け止め反映させたためであり、小林秀雄がいかに対話というものを重視していたかの一つの証左となろう。なお質問に立った学生の氏名等は割愛した。

講義「現代思想について」後の学生との対話

小林　さあ、何でも聞いてください。何でも聞いてくれてかまわないが、僕はどんな質問にも答えるということではありませんからね。僕の仕事は質問に答えることではないですから（会場笑）。むしろ、僕はいつだって問題を出したい立場なのです。

僕は明治大学で十年ばかり教えていました。そこでよく質問時間というのを拵《こしら》えまして、生徒諸君にいろんな質問をさせたのです。それで生徒諸君が何か質問をしますと、「どうして君はそんな質問をするのか？」と逆に訊《き》いたものです。ずいぶん、そういうことがありました。

うまく質問するのは、なかなか難しい。問題がなければ質問しないわけだが、その問題が間違っていたらしようがないでしょう。うまく問題を自分で拵えて、質問をしなければいけない。

たとえば、「自分はどう生活したらいいでしょうか？」と質問する。これは問題を捕えていない証拠ですね。こんなことはいったい、人に問うべきことであるか、黙って自分で考えるべきことであるか。そんなことも考えなければいけない。いや、質問は承りますよ、承りますが（会場笑）、うまく質問してください。何でも話しますから。

学生A　先生がフロイト*について話されたところで、精神は生理的要因にあまり影響されないと言われたと思いますが、実際の生活で全面的にそういうことが言えますでしょうか。

小林　無論、生理的なものと精神的なものは絶対に密接な関係があるんです。ですから、生理的な原因から説明することのできる精神現象はたくさんあります。けれど、フロイトは、異常な心理を扱った心理学者です。そんな異常な心理は、いわゆる解剖学的な、肉体の生理的な原因からでは、とても説明ができそうもない。生理的には全く異常のない、すこぶる健康な患者が出てくるわけですからね。肉体は健康な男が、「俺はどうしても治療不可能なガンだ」と妄想して苦しむ。こういう患者に対して、他の医者がまだ生理的な原因に拘《こだわ》っていた時代に、フロイトは「これは精神的な原因に違いない」と仮説を立てた。そうして、患者の精神的な原因を取り除いたら、きれいに治った。そういう治療を初めてやったわけです。

ここで心理学は大きな展開をした。つまり、心理というものを、それまでのように生理学的な基礎から分析していくのをやめて、精神の裡《うち》に隠れた原因、観念的な原因を探るという新しいメソードを立てたわけです。そこから必然的に、人間の心は意識とはまた違うものだということがわかった。僕らの心は、無意識という大きな世界を背負っていて、意識は心のほんの一部が表面化しているに過ぎない。こうして、魂というものがあるとわかったのですね。これが無意識心理学です。

ベルグソンの研究によれば、僕らの魂は、脳の組織の中には存在しない。もしも脳の組織の中に存在しているのであれば、脳の組織を調べれば魂はわかるわけでしょう？ そこにはない。けれども記憶現象は、いわゆる魂は、存在しているのです。これをおかしいと思うのは、古い、習慣的な考え方ですよ。存在するというと、いつも空間的なものを考えてしまうのです。これは僕らの悟性*の機能の習慣に過ぎない。存

フロイト　Sigmund Freud　オーストリアの精神病理学者。一八五六〜一九三九年。精神分析学の創始者。著作に「夢判断」「精神分析入門」などがある。

在するものが空間を占めなくたって、ちっともかまわないわけでしょう。空間的には規定できない存在も考えうるのです。むしろ、空間的に存在するものは、潜在的な存在が顕現するのを制限している機構だというに過ぎない。

無意識はいったい、どこに存在するのですか。頭の中ですか。ならば生理学で済んだでしょう。そうではないのです。無意識心理学というのは、心理を、心を、心で尋ねる学問なのです。心は脳の中に存在していません。しかし、心は実在しているのです。それを、「どこに」と問うことは意味がないでしょう？ これが今の新しい心理学の根拠です。こういう道をフロイトとベルグソンが開いた。

これは根本的な問題だけれど、非常に難しいことです。だから、拋《ほ》っておかれたのです。ベルグソンの哲学、ベルグソニスムとか、フロイトはフロイディスムとか、知識として一派を成すくらい流行しましたが、彼らが開いた戸口は、実に重要なものです。魂の実在というのは、空間的存在ではない。決して物的存在に還元しえないものなのです。

学生B 先生、世界は何らかの物的存在の反映にすぎないという考え方もございますが……。

小林 それはまあ*形而上学《けいじじょうがく》ですが、ベルグソンはそんなふうに考えなかったのです。

物的というのは、測定しうる事実ですよね。物質界です。世界はその反映だというのがマテリアリスム（唯物論《ゆいぶつろん》）だよね。それを破ったのですよ。反映ではないんですよ。では、反映って何ですか。反映という言葉は実に曖昧《あいまい》じゃありませんか。もしも君が唯物論者ならば、君、それを考えてごらん。いろんな本を読んで、反映という言葉をはっきり書いた本が一つでもあったら、探してごらん。ただ「反映だ」と言われているから、反映だと言っているんじゃないか。反映って何だ。ベルグソンはこう言っている。たとえば暗闇《くらやみ》の中でマッチを壁に擦《こす》る。すると、壁に燐光《りんこう》が残るね。燐が光って、マッチの運動と同じような線が壁に描かれるだろう。人間の意識というのは、ちょうどその燐光の如《ごと》きものだとマテリアリスムは言うだろう。それは一つの比喩《ひゆ》だろ？　どうして自然界に同じものが二つあるんですか。物質的な動きを反映して、同じ現象があたかもマッチに燐光が寄り添うが如くに随伴して、一つの現象が二重になって生ずる――マテリアリスムはそう言うのです。

悟性　人間の認識能力の一つで、論理的な思考をする能力。知力、知性。
形而上学　哲学の一部門。事物や現象の本質あるいは存在の根本原理を、思惟《しい》や直観によって探求する学問。

元は物質のほうにある。だから、物質を調べれば人間の精神もわかる。なぜかというと、人間のほうは随伴している現象に過ぎないからだとマテリアリスムは言う。どうして、この自然にそんなふうな無駄があるんだ。たった一つでいいじゃないか。随伴した現象がどうして要るのですか。常識から考えたって、わからないじゃないか。自然はそんな無駄、そんな贅沢《ぜいたく》を許さないですよ。

精神現象と物的現象は違うんです。関係はあるけれど違うんです。違うものなら自然は許します。こっちにはこっちの機能がある。あっちにはあっちの機能がある。二つの機能が違うから、二つあるのです。こういうふうに考えていくと、いわゆる反映という現象はきわめて曖昧でしょ？

心の現象は物的現象の反映であるという。その反映とは何かと問われれば、鏡に物が映るが如き現象だという。しかし、鏡に物が映っても、本物と鏡に映ったものとは違いますよね。だが今の心身の並行論は、厳密なる照応を言っている。それを反映と呼ぶのでしょう？ それならば反映というのは、非常に曖昧な言葉じゃありませんか。

精神現象と物的現象が関係がないなんて、ベルグソンも誰も言えやしないですよ。壁に外套《がいとう》が掛かっているが、壁に打った釘《くぎ》がなければ、外套は掛からない。それと同じです。関係は大いにあります。関係があるけれども、両者は同じものだとは言えない。それから、反映だとも言えない。なぜ、反映と言うか。釘の反映が外套ですか。釘がなければ外套は掛からないが、釘と外套は違うじゃないか。釘のあらゆる部分は外套のあらゆる部分と一致していない、けれど、両者には密接な関係がある。釘が抜ければ、外套は落ちてしまう。だから、精神現象というものを壁の釘に掛かった外套の如きものだとするならば、あるいは釘に掛かったということが精神の機能ならば、釘を外せば外套が落ちるのと同じように、君の肉体なくして、君の精神の働きはありません。けれども、君の精神は君の肉体の反映ですか。そうは言えないです。そういう結論は不合理なんです。

少し考えてごらん。こんな不合理的なことはありませんよ。これは反映という言葉のごまかしから来ています。ベルグソンはそこを調べたのです。これはね、僕がこうして君に説明しても、君にはなかなか納得のいかないぐらい難しい大問題です。ベルグソンをお読みになるといい。いわゆるマテリアリスムという、現代科学の基礎になっている考えがいかに頑迷であるか、それはもう信じ難いほどのものです。

学生C　先生のお話を伺って、わからなくなったことがあります。経験なり、あらゆる偶然性なり必然性なり、そういうものを通じて認識していく自我は絶対の方向に行くべきか、相対的であるべきか、先生はユング*のところまで言われたのですが……。

小林　これはもう、そんな難しい問題は到底お話することはできないから、私はお話しないまでなんです。これは哲学の問題ですからね。ご承知のように、カント*という人は形而上学を否定しました。カントは、物が――物質でもいい、精神でもいい、世界でもいいですが――本当は何であるかということは、学問で証明することは不可能なのだと証明したでしょ？　科学は、実在とは何かを知ろうとしているのではないのです。実在の〈関係性〉を調べるのが科学です。実在の本質、つまり物自体とはどういうものであるかを調べるのは形而上学です。その形而上学が不可能であるということをカントは証明しました。

人間の知識というものは、たかが知れているんですよ。人間の知識の代表的な、典型的な、誰にも納得のいく普遍的なものというのは、科学でしょう？　その科学は実在、物自体には達しないんです。科学は物自体とは関係がないんです。現象的なものに関係がある。カントがそう言って以来、形而上学は不可能になってしまった。

それでもベルグソンなど、人間の知恵は物自体に触れうる、つまり今なお形而上学は可能だという立場を取っている人はいます。カントは悟性というものの知的な構造を調べて、実在に達するためには悟性だけでは足りないと証明した。しかし、人間には悟性のほかに直覚という知覚がある。直覚だって、物を知るための能力です。悟性のごとくにはメソードが明らかにされていないが、あるメソードを持った能力には違いない。だから、悟性と直覚とを一緒に使えば、つまり人間の全的な能力を使うことができれば、実在に達しうる。ベルグソンはそう考えたのです。僕もそう信じます。

学生C　自我の葛藤《かっとう》やフラストレーションを失《な》くすために、われわれは古代の人間、歴史的な人間、つまり先輩たちと同じように自我と戦っていくしか、已れを救えない——そういう解釈はできるのですが、私は結論を急ぐというか、性格的な弱みがあって、もっと何か簡単な方法はないだろうかと悩んでいます。

常に焦《あせ》りを感じているわけです。焦っている存在として、もう一度自分を見つめ直した時、まったく発展性がないとも思います。まあ、これは若い人間にはよくある悩みではあるかもしれません。先生は自分の人生を二十代で作ったとおっしゃいましたが、自分は今暗中模索で、これからどう進展していけるかも全然わからないのです。

ユング　Carl Gustav Jung　スイスの心理学者、精神医学者。一八七五〜一九六一年。著作に「無意識の心理学」などがある。

カント　Immanuel Kant　ドイツの哲学者。一七二四〜一八〇四年。著作に「純粋理性批判」「実践理性批判」「判断力批判」などがある。

ただ、この葛藤というものだけはやめずにおこうと信念を持っているのですが、そこから本当の存在として自分が生まれ変わりうるのか、想像もできません。自我との葛藤からどうしても逃げ切れない焦りを、どういう具合に承知したらいいでしょうか。

小林　それはどうも難しい質問だね。君のような種類の質問をよく受けますがね、これはやっぱり、君だけじゃないんでね。僕だってそういう……僕は若い頃、中学時代から文士になろうと思った。君は何になろうと思いますか？

学生C　まだ、わかりません。

小林　ああ。みんな何になろうとは思わないで悩む人が大変多いですね。私は文士になろうと思ったことが正しいかどうか、無論これは考えもしない。ただ憧《あこが》れたり、いろんなことがあった。とにかく文士になって成功したいと思った。それからもう一つ、生活したいと思った。自分の思ったこと、自分の考えたことを書いて、それで生活できる文士というものに、青年時代の僕はなりたかったのです。それから、僕には必要があった。金を稼いで、生活しなければいけなかった。

だから僕はたくさんの悩みを持っていたけれども、文士になろうという希望を捨てたことはない。それから、自分で考えたことを表現する喜びを捨てたことはないです。僕にどんな焦りがあったか、知らない。だが、焦りも何もなかったら、君どうします？ そんなの、君、つまらんじゃないか。

君が抱いている人生問題、人生とは何かとか、自我の葛藤はどうだとか、形而上学は可能かとか、実在に達しうるのかとか、君の中心の問題は哲学です。哲学的問題と言っていいやね、君を悩ましてるものは。

なぜ、君は哲学を勉強しようと思わないんだ？ 君はそんなことを自分でいろいろ考えても、駄目です。人間はそういう問題に対して、孔子*の昔から、ソクラテス*の昔から、こんなに長いあいだ考えあぐねてきたのです。そういう人たちは君と同じ問題で悩んでいた。ただ問題の出かたが、君の場合は現代的なだけだ。だけど根本の問題は、人生とは何ぞやという問題だよ。それは哲学の問題だ。

今までの哲学者が君と同じ問題に逢着《ほうちゃく》して、どういう解決をしたか、どんな試みをしたか、つまり哲学を、君、やりたまえ。哲学という目的を、定めることはできないか。なるほど今の世の中で、哲学をやろうなんて考えもしないよな。だけど、君の抱いている悩みは哲学的じゃないか。

孔子　中国古代、春秋時代の思想家。前五五一～前四七九年。

ソクラテス　Sokrates　古代ギリシャの哲学者。前四六九～前三九九年。

僕がベルグソンを尊敬するのは、こんな面もあるからです。クローチェというイタリアの美学者、哲学者がいまして、この人がベルグソンの思い出を書いている。ある時、二人でヘーゲル*の話をしていたら、ベルグソンがいかにも恥ずかしそうに、「実はクローチェ君、僕はね、ヘーゲルをまだ読んだことがないんだよ」と言ったそうだ。

日本にはヘーゲルを読んでいない哲学者もいるかもしれない。日本の哲学は妙に専門化しましたからね。けれど外国では、常識で考えて哲学者ともあろう者がヘーゲルを読んでいないなんて、こんな莫迦《ばか》げた、おかしなことはないんです。クローチェは大変驚いたが、ベルグソンは本当に読んでいなかった。

というのは、あの人は自分に切実な問題だけを考え続けたからです。『物質と記憶』*という本を書き上げるのに八年かかっています。八年かけて、ようやくあの薄い本を書き上げたのです。その長い間、あの人の心を占めていたものは、精神と肉体とはどういう関係があるのかということだけで、ほかのことなんか考えていやしないのですよ。その時の時流とか、その時の世論とかそんなもの、あの人の眼中にはなかった。ベルグソンにはそういう実に天才的なところがありまして、僕は非常に惹《ひ》かれるのです。百年に一度という大人物だと思っています。

君の質問は、根本から考えれば、哲学者を何千年来悩ましてきた問題じゃないか。

今いかに哲学というものが流行《はや》らなくとも、君がもしもこれは自分の人生で一番重要な問題だと思うならば、なぜ哲学を勉強しないのか。学問しなくては駄目です。学問したってわからないかもしれないけれど、空漠《くうばく》と考えたり、友達と議論したりしてわかる問題ではないんだ。本当にその答えを知りたいと感じるならば、勉強しなさい。もしベルグソンをお読みなさい。ベルグソンが何を言っているか、よく考えなさい。もしもベルグソンの言っていることが自分にはどうしても気に食わなかったら、またほかの人の本を読みなさい。そして、また考えなさい。とにかく大哲学者の書いたものを直《じ》かにお読みなさい。人伝《ひとづ》てに頼らないで。

諸君、唯物論って何ですか。唯物論なんて本を読んだことありますか。唯物論哲学というものがどういうものだか、知らないでしょう。これはいけません。それでは、みんなの言うことを聞いて納得しているだけではありませんか。あるいは、みんなの

ヘーゲル　Georg Wilhelm Friedrich Hegel　ドイツの哲学者。一七七〇～一八三一年。著作に「精神現象学」などがある。

物質と記憶　Matière et mémoire　ベルグソンの第二の主著。一八九六年、三七歳の年に刊行した。

言うことを聞いて議論しているだけじゃないか。これは際限のないことです。日本人は、近頃の西洋思想はこんなものだと人伝てで言ってきただけです。ところが西洋人もこの頃は、日本の禅なんてものに目をつけ始めた。禅について、何か言っていますよ。だが、そんなことはみな空論です。ただのおしゃべりです。そんなに禅が好きなら、実際に禅をやったらいいじゃないですか。禅の本にも立派な本がありま す。文学としても大変面白いです。それをまず直かに読めばいい。

諸君、何か聞いてくださいよ。こうやって僕の話は、すぐに質問から外れていくからな。

学生D 今、大学で江戸時代の思想史をやっていまして……。

小林 そうですか。あなた、国文ですか。

学生D 歴史です。江戸時代になって、本居宣長など国学者が、あたかも自分が『古事記』とか『日本書紀』を書き著した古代の人であるかのように読んで、古代を認識しなおそうとしました。その時に、『古事記』『日本書紀』にある不合理と言いますか、今日考えて非常におかしな点を宣長その他の国学者は認識しえたはずなのに、そこを批判せず、古代人と同じように信仰した。そこに文献学からの変態、飛躍があると、現代の歴史書では散々指摘されてきました。さきほどお話に出たベルグソンが批判したマテリアリスム、つまり物質を認識する方法で精神や意識を測定しうるという過信と、この宣長への批判は似ているように思ったのです。僕は頭があまり良くありませんので、具体的に敷衍《ふえん》してお話し頂けたら幸いです。

小林　これはまた何時間もかかる話になりますな。

学生D　何時間かかってもお願いします（会場笑）。

小林　僕は宣長をいつか書こうと思っています。そして、一番大事な問題は今、君が言ったところにあるのです。つまり、今まで宣長を論じた学者たちの批判は、宣長さんの学問の方法の不徹底というところにあります。しかし、その不徹底というのは、現代の学問の方法からいって不徹底なのにすぎない。宣長さんは、学問の方法なんてものを今日のようには使ってやしません。

たとえば、あの人の使っている〈おおらか〉という言葉は、〈客観的〉という言葉とは違うのです。さまざまなニュアンスがあるんです。現代の〈客観的〉は、科学の方法に規定された、非常にはっきりした言葉ですよ。あの人の〈おおらかに見る〉という方法は、〈経験的方法〉と訳されているだろ？　誤訳ですよ。

宣長さんが間違っていたか間違っていなかったか、それは知らない。それは論じ尽くせる問題じゃないでしょう。ただ、宣長さんがやったことは、宣長さんがやったふうに思い出さなければいけない。それこそが科学的態度じゃないか。宣長さんのやった仕事を、現代の方法から見て未熟であるとか何とか言うなんて、そんな生意気なことはないわけだ。宣長さんはどういう心持ちで研究していたか、〈おおらかに見る〉と言った時に、宣長さんはどんなふうに考えていたか。僕はそこを書きたいのです。結果として、宣長さんは矛盾に陥ったかもしれない。だけど、あの人の生き方とか人生観において、ちっとも矛盾はなかった。なぜ矛盾がなかったかと言えば、あの人はある信念に達していたからです。

宣長さんの念願は、『古事記』をみんなに読ませたいということだった。あれは難しくて、読める人はいなかったんだ。しかし宣長さんは、『古事記』を通して、古代の日本人はどういう感情を持って、どういう思想を持って生きていたか、人々に伝えたくてたまらなかった。そのために非常に実証的な方法を使って、『古事記』というものを調べ上げなければならなかった。

そのうちに、宣長さんはだんだん古人の考え方に惹かれていったのです。だんだん愛着が深まっていった。そして、古人のような考え方でこの世の中を生きることが、人間として一番正しいのではあるまいか、あるいは一番健康なのではあるまいか。現代のみんなが考えていることは、そこから逸《そ》れてしまって、間違っているのではないか。みんな、古代へ戻ったほうがいいのではないか。そんなふうに考えはじめた。この考えが、宣長さんの信念を養っていったのです。

これは方法の未熟や頭の悪さが齎《もたら》したものではない。宣長さんの愛情がつかんだ古代人の真実です。それをだんだんと信仰していったのです。あらゆる信仰はそうじゃないか。あの人が残した激しい議論はただ訊かれたことに答えたまでで、二次的なものです。あの人の本当の仕事は、三十四年かけた『古事記伝』にあります。歴史はただ一回しか起こりません。宣長さんがどんなふうにたった一度の人生を生きていたかは、今日から見て間違っているとか間違っていないとか言っても、知りえない。宣長さんがどういうふうに学問をしたか、何をやったかは、今日の科学の概念を捨てないと、知りえないのです。これは、芸術的な知り方かもしれないけれども、歴史的な知り方でもあるでしょう。

対象に対してだんだん一生懸命になり、だんだん愛着を持ち、信仰を持って死んだ人の仕事は、この場合は学問ではあるけれども、一つの芸術品ですよ。この頃、諸君が使う〈歴史的限界〉という言葉があるでしょう。限界があったから、何だと言うのですか。歴史的な人物を不朽たらしめているものは、限界そのものですよ。その人から限界を取ってごらんなさい、何もできなかったよ。そんなふうにしか僕たちは生きていないのです。

学生D　対象への熱中が愛着となって、やがて信仰になるというのは自然な動きですが、ある現代の歴史学者などは、その信仰に当然伴うべき深い罪悪意識が欠けていたことが宣長を不徹底ならしめたと言うのですが……。

小林　宣長さんに罪悪意識というものがなかった？

学生D　深い信仰であれば当然、深い罪悪意識が裏には伴うはずだと。ところが、宣長にはそういうものがなかったと、おっしゃるんですが。

小林　僕はそういうふうに考えません。なぜ宗教を罪悪意識が伴うものであると考えるのでしょうか。宗教というものを、僕は大変広く考えています。僕の叔父は真宗《しんしゅう》を信じていました。僕は叔父を尊敬していましたが、彼は小学校しか出ないで、京都で本屋になったんです。西本願寺の前で仏書を売る本屋を始めた。まったく門前の小僧で、だんだん仏教が好きになった。それで、学問も何もない人だが、少しずつ凝《こ》っていったわけだ。

八十近くで死にましたが、死ぬ前にこれだけはやるのだと決めて、『真宗聖典』という真宗のいわゆるバイブル、真宗関係のお経の全集があるが、それを大谷大学で編《へん》纂《さん》して、なんとか自分の死ぬまでに刊行できた。一番いい版になったと思うが、驚くべきことには、七十幾つで完成するまで、自分ですべての校正をしたのです。あの難しいお経の本の校正ができるくらい、知らず知らずのうちに学問をしてしまったのですね。でも、これは、何でもないことなのです。小僧の頃からしょっちゅうお経の校正をやっていたから、そのうちに覚えちゃったのです。

叔父は死ぬ前には、自分がいつ死ぬかわかったんです。まあ、わかったというわけではないけどね（会場笑）、つまり自分で死ぬ用意をしまして、親類中をみんな回って、「俺ももう来年あたりはポッコリいくかもしれないから、今のうちにみんなに会っとくからな」と挨拶《あいさつ》して、それで死にました。

そういう叔父を僕はよく知っていました。彼は実に深い信仰を持っていましたが、いわゆる罪悪意識だとか、やれ何だとか、難しいことは何も知りません。それから、人に教えを説いたこともなければ、何か自慢したこともありません。まったく平凡な、本屋の親父《おやじ》です。

やれ宗教哲学がどうのなんて、僕には信じられないのです。宗教というものは、人によってみんな違うと思う。ご承知のように、僕らよりも神様のほうが偉いんですから、仏様のほうが偉いんですから。僕らが何を考えたって、向う様のほうが偉いんだからね。

それが日本の宗教というものの根本だろ。罪悪感なんか一つもなくても、非常に深い信仰が可能ですよ。だから、宣長さんに罪悪感がなかったから彼の宗教は不徹底であったなんて、まったくの俗論だと僕は思う。人間を知らない人が言うことです。まあ、これは僕の考えだからな。僕はそういうふうには宗教を考えていないんだ。

昔は、僕は文学なんかも、わりに大切に思っていた。文学のために死のうなんて熱情は持っていなかったが、ともかく今よりは大切に思っていた。だけど、僕が経験を重ねてきた今、そんなに大切には思っていないです。それから、僕は昔から、指導的理論家なんてものを信じてこなかった。自分でもそんなものを持ったことはない。今は、いよいよそういうふうに思うようになった。そしてこの頃は、黙っている人をだんだん尊敬するようになってきた。黙っている人は、しゃべっているやつよりも百倍も千倍も利口じゃないかと考えるようになった。

もう一つ、世に知られていない人にどんな偉い人がいるかということも、この頃考えるようになってきた。若い頃は、真理を知っている人、真理を考えた人は、きっと世の中のために役立つし、崇《あが》められもすると、簡単に考えるものです。だが、平凡で、世に知られていなくて、しかし真理をつかんでいる人もあるだろうと考えるようになったな。僕は、自分では宗派的な宗教を持っていないけれど、少しずつそんなふうに自分で考え始めたな。

学生D　先生の一番お話したくないようなことばかりお聞きして申し訳ありません。しかし僕らにとっては一番聞きたいところなのでお聞きするわけですが、先生の著作には一貫して、勤労人民というんですか、そういうものに対するお考えが、もちろん直接的な言葉ではなくても、はっきりとした態度で現わされています。今、江戸時代の宣長や他の儒家や国学者は、大衆の中に立脚しなかった、運命を共にしなかったと散々説かれています。勤労人民、大衆という具体的な現実に腰を据えて表現しなければ、徹底した立場は取れないといったことがいまだに書かれることについて、どう思われますか。

小林　僕の話は参考として聞いておいてください。江戸時代の学者、インテリというものは、だいたい武士です。

これは＊山鹿素行《やまがそこう》が書いていることです。あの人は初めて武士道、士道という哲学みたいなものを書いた人で、あの人の思想が当時一般的に受け入れられていたものだと

山鹿素行　江戸時代前期の儒学者、兵学者。元和八～貞享《じょうきょう》二年（一六二二～一六八五）。著作に「中朝事実」「武家事紀《ぶけじき》」などがある。

見ていいでしょう。身分制度がはっきりしている時代に当然起こる考えなのだが、武士というものは、禄《ろく》をもらっています。そして何もしない、することがない。武士は食わしてもらっている階級です。激しく働いているのは農民です。農民は激しく働いているのだから、責任がない。しかし、武士は禄をもらっているのだから、責任がある。農民や町民を指導しなくてはいけない。それが武士道で、つまり武士道というのは「いいか、おまえはインテリなのだ」という思想なのです。

インテリというのは、特権階級だ。責任を持った階級なのだ。もしもこの責任を果たすのが嫌ならば、百姓になれ、百姓になって朝から晩まで働け。そうすれば、その責任を果たさなくても天は咎《とが》めないであろう。だけど、禄をもらっていて責任を務めないのは天理に背くことだという思想です。

ですから、あの頃のインテリというのは、そんな責任感をまず身につけなくてはならなかった。この責任は、学問をする責任でもあります。人生いかに生くべきか、自分で体得し、人に教える責任があった。この責任は天から負わされているのだから、逃れることはできない。これが、素行などが説いた身分論ですよ。

今のインテリというのは、いったい何ですか。生産から離れている根なし草だとしばしば説かれていますな。だからみんな、インテリでいるのが何だか心苦しいんじゃないのですか。さりとて労働もしない、生産もしない。諸君は自分の責任を果たさなきゃいけない。諸君はのらくらして食わしてもらっているんだ。働いている人はほかにいるんだ。だから、諸君は責任があるのだ。山鹿素行の思想はちっとも古くはない。もう一つ、庶民という問題があるね。庶民は物を考えなかったなんて、これは嘘《うそ》です。そんなものは今の色眼鏡で見た考え方です。もう少し、昔の学者の生活を調べなければいけない。たとえば、*伊藤仁斎《いとうじんさい》という人は材木屋の息子で、学問が好きで、独学を続けた。やがて京都で塾を開いて、ひたすら月謝によって彼は生活したのです。その月謝というのはどこから来たか。これはあらゆる階級から来たのです。無論、農民もいます。町人もいます。公家《くげ》もいます。武士もいます。

彼らは学問が面白かったのですよ。面白くなくて、どうして百姓が来ますか、町人が来ますか。武士は貧乏していましたが、その頃の町人は、いわゆる分限者《ぶげんしゃ》がたくさん出まして、大変な財産家が多かったんです。町人たちがなぜあんなに仁斎のところへやってきたかというと、彼らはもう酒はやった、女はやった、あらゆる遊びはやり

伊藤仁斎　江戸時代前期の儒学者。寛永四～宝永二年（一六二七～一七〇五）。著作に「論語古義」「孟子《もうし》古義」などがある。

尽くした、ただ一つ、学問という遊びをしたことがなかった。

そういう彼らが仁斎のところへ来てみますと、仁斎は酒を飲み、ご馳走《ちそう》を食いながら、『論語』を講義した。しかつめらしい学校じゃないんです。今まで女や酒で道楽をした町人が学問というものを習ってみると、これほど面白いものはないとわかったんだ。これは女遊びの比ではないと悟った。だから、月謝をいくらでも払ったんです。そして、学んでみると、なんだか物がわかってくるんだな。たとえば、人間はどうやって暮らすのが正しいのかということがわかってくる。こんな嬉《うれ》しいことはないじゃないか。そういう心持ちを、みんな持っていた。

まあ、学問をしたいというのは、人間の本能ですからな。学問をしたいのが本能じゃなくなったのは現代ぐらいのもんです（会場笑）。今は、ただ黙っていたって教えてくれるのだから、学問への欲望がなくなるのですよ。昔は黙っていたら教えてもらえないし、学問の機会もなかなかなかった。子どもの頃に、人生とは何ぞやなんて疑問が起こっても、誰も教えてくれないから、これは非常に熱烈なものになるのです。だから、京都のどこかにそれを教えてくれる人が出たとなれば、千里を遠しとせず学びに行く。豆の袋を背負って、豆ばかり食べながら仁斎の講義を聞いたという人がいます。なにしろ面白いことが聞けるんだから、食うものは豆で充分なのです。仁斎の塾はそういう雰囲気だった。

仁斎というのは、ご承知のように、その頃のアカデミーの学問に大反対をした学者です。つまり、学問をするから百姓がうまくいく、それが学問というものだろうと言った。いくら学問をしたって百姓の仕事に何の足しにもならん、町人の仕事にも何の足しにもならん、そんな幕府の学問というのは学問ではないと言い放った人です。学問とは、人間がどうやって生活したらいいか、その根本を教えるものだ。そういう学問なら、百姓にでも町人にでも役立つはずだな。

仁斎に『日札』という日記が残っています。読んでみますと、彼は弟子についてあまり書かないのだが、ある弟子が死んだ時、非常に悼《いた》んでいる。その弟子は、大変辺《へん》鄙《び》なところの百姓です。そういう者が弟子になっている。

その百姓は、こんな人でした。仁斎の塾で学んで帰ってみると、今までずっと読んできた朱子*の注が間違っていることがわかった。だけど、誰も聞いてくれる人がいな

朱子の注　「朱子」は朱熹《しゅき》。中国、南宋の儒学者。一一三〇～一二〇〇年。儒教の根本経典とされる四書、「大学」「中庸」「論語」「孟子」に注を施すなどして朱子学を樹立、日本でも封建社会の中心思想とされた。

いから、うちで本を読みながら、仁斎の講義の筆記と較《くら》べては、「ああ、間違っていた」と言っては手を打っていた。すると、ほかの百姓たちが、あれは気違いだと思った。一日座って、「間違った、間違った」と手を打ってばかりいるからね。その人は村では、「半気違いだから、そばに寄るな」となって、それで、その村の村長さんが死ぬ時に、「学問は大事かもしれんが、あいつみたいになるから、もうこの村では学問をしてはいけない」（会場笑）。そう遺言したくらいだった。

それから、十年経《た》った。いつの間にか村人たちにも、その手を打っている気違いが本当は偉いとわかってきたのです。そして、その気違いは村の聖人として死んだ。その彼を仁斎は、惜しい人を亡《な》くした、気違い扱いされていたのが今は聖人となって死んだと悼んでいます。仁斎にはそういう弟子が三人いるのです。学問の弟子とはそういうものでした。

学問というものは、庶民のところに立脚しろとか、しちゃいかんとか、そんな講釈から始めるのではないのです。真理とはこういうものだと人に教えようとする一人の人物が現れたのだよ。それが教育の元なのだ。だから、僕は現代の教育についても、同じように考えています。教師が現れることだと思っています。日教組問題、ＰＴＡ問題だとかが教育問題ではない。ああいう団体的問題は、いろいろ議論して、いずれ片付くところに片付くでしょう。だけど、そんなものが片付いたって、教育というものはどうにもならない。教師が現れるか現れないかにかかっています。そして、僕はきっと現れているだろうと思います。そう信じなければ、どうしますか。

僕は教育者じゃないから、教師としては人の前に現れません。そんな資格を僕が持っているとは思わない。僕はまあ、隠居だな（会場笑）。横丁の隠居でいたほうが、何かをすることができるのではないかと自分で思っています。いろんな人にいろんな素質がありますよ。

教師としての素質を生まれながらに持っている人は、必ずいましょう。そういう人は、自分に正直であれば、きっと教師になるでしょう。教師という仕事を面白いと思うでしょう。教師というものの身分を知るでしょう。そして、弟子が自分の言うことを聞いてくれるなんて、不思議なことだと思うでしょう。教師の魂が弟子の魂に移るんですからね。これは原始的なことで、古代人が信じていたことですよ。しかし、今の教育原理だって、そういう古代人の原理にほかならない。何の変わりもありません。魂は移るんだよ。そんなふうに、魂が移るというところに教育の原理がある。教師は、自分の魂を受け取る人がきっといると信ずるんです。昔の学者はそういうふうに学問をしたのです。

＊荻生徂徠《おぎゅうそらい》も実にたくさんの弟子を持っていた。あの人のこともいずれ書こうと思いますが、徂徠は、この人が死ねばあとはないというくらいのものを持っていた人です。だから徂徠の学問、あの古文辞学という学問は、弟子が大勢いたにもかかわらず、あの人の死とともにすぐ堕落しました。福澤諭吉が言っているように、すぐ腐敗したのです。自分が死ぬとたちまち腐敗するような、実に微妙で危険なものを徂徠は持っていた。そこが面白い。

こういうことは、今日の学問の尺度からは測れない。ボードレールという詩人も非常に危険なものを持っていた。あの人が死んだらそれきりで、誰も継ぐことはできない。真似《まね》をしたら必ず誤るというものを彼は持っていた。ピカソなんて人もそうだと僕は思っています。学問にだって、そういうものはある。

人間的な思想、生きた思想というものは、人間を対象として研究する学問から生まれます。その学問の表現が人間的思想です。これは曖昧なものではない。直覚する人には明瞭《めいりょう》なものがあります。徂徠の言うことは、いかにも正しかったんだ。徂徠から言われてみれば、弟子たちは「なるほど、そうだ、先生、そうです」というものがあったんだ。そういう微妙なものがあった。それは微妙だから人には伝わらないというものではないんだよ。

突き詰めれば、真理は一つなんです。どうしても、そういうところに行くんです。歴史的真理なんて、真理ではありません。それは歴史的な風景ですよ。でも、物理的な真理があるのであれば、精神的な真理もきっとあると僕は思います。そういうふうに僕はだんだんと信じてきているんです。

学生E　私は高校時代に先生のお書きになった『私の人生観』という著作を愛読し、とくに先生があの中でおっしゃっていた〈直観〉という言葉に感銘を受けました。感銘は受けましたが、まだ私みたいな凡人は、その直観というような境地に到達することはできないでいます。どうしても物事を考える場合に、分析というような手段につい頼ってしまうのです。大学に入ってすぐベルグソンの『変化の知覚』も読みましたが、分析を非難していまして……。

荻生徂徠　江戸時代中期の儒学者。寛文六～享保一三年（一六六六～一七二八）。著作に「弁道」「弁名」「論語徴」などがある。

古文辞学　荻生徂徠が唱えた訓詁学《くんこがく》。中国古代の先王の道を、古文・古語に習熟することによって知ろうとした。徂徠のいう「先王の道」は、堯《ぎょう》・舜《しゅん》など中国古代の聖王によって制作された社会的な規範。

小林　両方使えばいい。直覚も分析も使えばいいのです。ベルグソンの分析というのはきわめて鋭いですよ。あなたがお読みになっても、そう思うでしょ？　直覚したところを分析するんです。けれど、分析したところは直覚にはならない、とベルグソンは言っているだけです。逆は真ではないと言っているだけです。分析から直覚に行く道はない。でも、直覚から分析に行く道はあるんです。科学者も実はそれをやっているのです。

科学者の実際の仕事を見れば、僕らの知っている科学などというものは、これはもう子どもです。彼らの仕事そのものの中に入ってみますと、やはり立派な科学者は非常な直覚力を持っています。

将棋だってそうでしょう？　僕らの指している将棋って、分析的なんだよ。プロはパッと直覚するんです。木村義雄《よしお》八段が書いていたけれど、プロは二時間も考えるでしょう？　あれは手を考えているのではないのです。パッと直覚した手が果たして正しいか、分析しているのです。それで二時間考えて、最初に直覚した手を指す。その時、三つの手があるとします。多分これがいいなと直覚するのですが、その三つをきちんと手を読んで分析しなければいけない。それに二時間かかるんです。

そんなふうに直覚から分析に行く道はあるけれども、分析からは先がないとベルグソンは言っているだけで、分析を決して軽蔑《けいべつ》しているわけではない。分析がなければ、科学なんてありません。哲学もありません。というのは、概念というものに頼らずには、人間は論理的に話すことができないんです。ただ、直覚というものがなければ分析は始まらないとベルグソンは言っただけなんです。

それをどうかして、分析したものから直覚したものに達しようと無理をするから、心理学でも心理分析というものをやる。そうした分析から、いろんなエレメントができる。そのエレメントを集めれば、直覚した生きた真理が出来上がると信じてはいけない。それは科学の自信過剰である。時間が過去から未来に流れるように、直覚から分析に流れる方向があって、その逆の方向をたどろうとしても、人間にはできないのだ。そういうことを言ったのです。

無論、精神科学というものは大変若いんです。このあいだ始まったばかりだ。たとえばニュートンだとかガリレオなんて人が精神科学を始めていたとしたら、どんなに今の精神科学が変わっていたかしれない。でも彼らみんな物質科学から始めたんです。

木村義雄　将棋棋士。明治三八〜昭和六一年（一九〇五〜一九八六）。昭和一二年、実力制第一期名人戦で名人位を獲得、通算八期保持した。

物質の科学が始まって、生物学が出てきて、生理学が出てきて、化学が出てきて、だんだん発達して心理学に行ったんです。

心理学まで行き着いて見ると、いろいろの手続きの誤りがあらわになってきた。だから、心理学はこれからもっと独創的なメソードを発見するでしょう。その一つがフロイトだよね。でも、あれで終わるんじゃないのです。これからです。つまり、真に人間的な思想というようなものを作るのは、諸君の双肩《そうけん》にあるわけだよ。

科学と哲学は二つに分けられるが、ベルグソンはああいうことにも反対なんです。学問は一つでいいのです。こっちの対象に使って成功する方法を別の対象に使うのはいけない、と言っているだけです。つまり物質的な対象に向かって学問した方法を、人間の精神とか人間の感情とか意識とか自由とか、そういう問題に応用したところで成果は得られない、得ようとすれば人為的なごまかしが入ってくると言っているのだ。

別の対象を扱う場合は、方法を変えなくてはいけない。精神的な対象に向かっては、まず直覚的な方法を取りながら、徐々に近づいていけ。一挙に物を片付けることはできないかもしれないけども、学問を少しずつでも進めていけば、方法さえ正しければ、やがて達成できるであろうと言うのです。

ベルグソンは科学を一つも否定していませんよ。科学が物質に向かった場合は、確かに実在をつかむのです。科学はカントが言ったように、決して相対的な知識ではない。あれは絶対的な知識なのです。ただ、それは対象が物質の場合だよ。そういう時、科学はなぜ自由意志の問題というものを取り除くのです？　これは独断です。エネルギー保存の法則というのがある。これは、エネルギーが保存される法則が成り立つ対象においてのみ成り立ちますね。精神の世界で、特に自由の世界で、エネルギーを保存しますか。そんなことはしない。すると科学は自由の否定まで必ず行くのです。しかしそれは僕らの持って生まれた常識*と経験に反するじゃないか。それなら、僕らの常識と経験に沿った学問が始まらなければならない、ベルグソンはそう言ったのです。

学生F　戦後、民主主義というものが万事、錦《にしき》の御旗《みはた》と言いますか、絶対のオールマイティであるかのような風潮があります。そうした民主主義は、戦争に敗れた現在の日本にとって本当に救いになるものであろうかと疑問に感じたりもします。このよう

常識　小林秀雄はこの語を、人間が後天的に外部から習得する知識ではなく、万人に先天的に備わっている直観力、判断力、理解力、思慮分別等に重きをおいて用いる。

な現状をどう思われますか。

小林　民主主義というものは、政治的にも哲学的にもいろんなふうに考えられるな。だけど、現在使われている民主主義の思想というのは、まあ平等思想だ。政治的に平等だということですね。

民主主義という思想で、人生の問題は全然片付かないよな。それはまた別の問題じゃないか。そういうふうに考えればいいので、民主主義を人生観と間違えるのは一番いけないね。ただ、民主主義の政体というものはある。これは厳としてあります。民主主義的な制度というものは、封建主義的制度よりいいじゃないですか。これは争うことができないじゃないか。

歴史はそういうふうになっていったんでしょう？　で、現実としてそういう政体をうまく運用できて、僕たちがうまく生活していければいい。僕はそれだけでいいんで、民主主義というものが一体この日本を救うのか、人間を救うのか、幸福にするのかなんて、そういうふうに僕は考えたことなんか一度だってない。

どうして民主主義なんていう言葉を、そんなに君、大事な大きな言葉と考えるのかな。僕は何主義でもいいと思うんだよ。政治というものは、目的を達すればいいのだ。目的って何だ？　僕らの幸福じゃないか。それを達すればいいじゃないか。僕は政治というものをそんなふうに考えています。政治には正しい思想なんてないです。学問には正しいことと正しくないことがあります。だけど、政治にはない。政治というのは事業ですよ。僕たちみんなで社会を作って、平和に、立派に生きていく、そういう方法じゃないですか。共産主義のほうがよければ共産主義にすればいいのです。僕はそう言うな。何々主義にするとかしないとかって、技術的問題にすぎないでしょ？

ご質問のように、民主主義で一体僕らはいいのかなんて問題、僕はよく聞かれるのだけれども、どうしてそんなふうに問題を出しますかな。そういう問題の出し方をまず、よさなきゃ駄目ですな。もしも君が政治に強い興味を持って、君の目的が政治にあるならば、政治をやらなきゃいけない。そのためには、まず政治というものの性質をよく知らなきゃいけない。

僕は政治に対する自分の考えを方々に書いたこともありますが、政治について今言ったように考えています。政治的に物を考えることは、一つの風習です。こんな風習とは僕は戦わなくてはならないと考えています。だから、僕の思想は反政治的です。

学生G　政治と学問は決してかけ離れたものではないと思うのです。学問して政治を知ることもできると思います。真に政治が人類の幸福のために働くものであるなら、その裏付けをするのが学問であるとも思います。先生みたいに、こうではない、ああでもないと批判されるだけですと、僕は非常に解釈に苦しみます。無論、民主主義体制の中で批判勢力は必要だと思いますけれども、やはり私たちは、何が正義であり、何が真実であるか、しっかりと先生からお聞きしたいのです。何も先生からお聞きした言葉が全面的に私の考え方になるというのでなく、さまざまな書物を書いてこられ、きちんと誇りを持っておられる先生の言を伺いたいのです。

小林 それは僕の本を読んでください。僕は何かについて、こういうことが正しいなんて言ったことはない。こういうものが正しいなどと言う自信がない。僕は、自分の経験したことを通じて、こうだと思うことを書いているのです。そんなふうに書いた文章が人を動かすことがあると信じているだけだ。そういうことしかできないな、僕には。

できないけれど、人間というのはそういうものだ。まあ、僕ら凡人はそれでいいのではないかな。僕はそう考える。凡人が、自分は死んでもこのほうが正しいと思うと、人を殺すね。僕はそういうことを考えたこともある。正しくないやつを殺さなきゃならんでしょう。自分が死のうと覚悟したときに、やっぱり人を殺す覚悟をしますな。そうじゃないですか。

司会　いろいろお伺いしたいことはあると思いますけど、そろそろ時間となりました。先生、長い間、ありがとうございました。

小林　ええ、僕はかまわないけれども。どうも、いろいろしゃべっても、きりがないようなことで……。じゃ、失敬。

（昭和三十六年八月十五日　於・長崎県雲仙）

講義「常識について」後の学生との対話

学生Ａ　私は大学で自然科学の勉強をしています。自然科学は、「事実の解明」ということが最大の目的ですが、そういう学問の性格と、私自身が信念を持って生きていくということとは、どのように関わりあうものでしょうか。

小林　あなたは、信念と知識が対立することに不安を持っているのですね。孔子は「知る者は好む者に如《し》かず。好む者は楽しむ者に如かず」と言っています。知るというだけでは、大したことはないのです。知ることが楽しみにならなければ、つまり、喜びにならなければ、知ってもしようがない。信念があるとは、喜びがあるということです。

僕が若い人の質問を受けて一番困るのは、「好む」とか「喜ぶ」とかが基にならないで、ただ「知る」ということから質問されることです。偉い人の仕事を見ると、まず初めに仕事を好むことが土台になっている。その仕事に没頭できるか、できないかが、最初の問題です。科学の仕事は物事をはっきりと知ることにあるが、その知識を我がものとする喜びを感じていなければ、知識が信念に育つ事はあるまいし、逆にこの喜びがいつも実感できていれば、科学者はその信念に生きるでしょう。

学生B　社会のあらゆる分野が専門分化されていく時代に、現在の教育制度はどのように変えて行ったらよいのでしょうか。

小林　学問の分化をはばむ理由は何もない。学問が分化しながら進歩するのは当然でしょう。しかし教育の問題となると、学問の分化以前のことで、「学ぶ」という基本的な意味が考えられていなくてはなりません。教育論などという大問題は、私にはお話しできないが、さしあたり考えるに、現代の教育に一番欠けているのは感情の教育でしょう。情操の教育が一番欠けているのではないですか。

学校の先生方が、生徒を美術館へ連れていったりしますが、きわめて形式的なことです。あれは美術に関する知的教育をやっているのであって、美しいということを感じる力が育成されるのかどうか、そこはまったく考えられていない。情操教育をやっているつもりで、実際は少しもそうではない。美を感受する芽を育てれば、たいへん大きな結果が出るのに、そこを考えていないのです。美に関する様々な知識を与えようとばかりしている。有害無益な事です。

家庭の教育でも、本末が転倒しているようです。子供に対する外的な影響ばかりを、やかましく言う。テレビの影響だとか、雑誌の影響だとかが、しきりに論じられているのでしょう。だが、子供が一番深く影響を受けるのは、家庭の精神的、感情的雰囲気というものです。親が本当に子供に深い愛情を持っていれば、子供は直ちにこれに感応して、現実的な態度を取るものです。親の愛情をきちんと受け止める能力を、子供は完全に備えている。当り前のことだが、こんな当り前なことが、存外忘れられているのです。

もう一つ悪いのはジャーナリズムの趣味です。戦後の青年はどうだとか、いまの青年はどうだとか、騒ぎ立て過ぎるのではないですか。戦前の人と戦後の人の間の思想の食い違いというようなことなど、お互いに捨てるがいいのです。これは一種の猜疑《さいぎ》心《しん》です。

いくら外面的なことが変っても、少し深い問題とか、微妙な問題に入ってみると、戦前も戦後もない大問題が人生にはたくさんあります。いまの世の中がむずかしくなったとか何とかいうけれども、敏感で利口な人には、人生がやさしかったことなど一度もありません。もっと長い時間というものを、常に念頭においておくことは大事なことです。

学生C　先生は、学問とは知る喜びである、道徳とは楽しいものであると言われましたが、私には苦しいことのほうが多いのではないかと思えます。いかがでしょうか。

小林　喜びといっても、苦しくない喜びなんてありませんよ。学問をする人はそれを知っています。嬉《うれ》しい嬉しいで、学問をしている人などいません。困難があるから、面白いのです。やさしいことはすぐつまらなくなります。そういうふうに人間の精神はできているんです。子供の喜びとは違うのです。

喜びというものは、あなたの心の中から湧《わ》き上るのです。僕が与えることのできるものではない。学問が喜びであるか、苦しみであるか、というような質問は、質問自体がおかしい。それはあなたの意思次第です。自分を信ずることで解決するのです。

学生D　われわれ学生はいかなることを理想とすべきか、また個人と全体との関係はどうあるべきか、それが理屈としてはわかりますが、実感として湧いてこないのです。先生はどうお考えですか。

小林　君に実感として湧いてこない理想を、私が君に与えることはできない。孔子が「憤せざれば啓せず」と言ったように、あなた自身が憤することが大切だ。理想というものは、人から教わるものではない。参考にするものはいくらでもあるが、理想に火をつけるのは君だろう？　孔子は続けて「悱《ひ》せざれば発せず」とも言っています。

口でうまく言えず、もぐもぐさせているくらいでなければ、導いてやらないというのです。こういう教育はだんだん少くなったが、原理としては、これが亡《ほろ》びることはない。だから、君の質問には、僕は答えられない。いまどういう理想をもったらいいか、ああ、それはこうだよということは言えない。君が発明したまえ。学問には必ず自得しなければならないものがあるのだ。

個人と全体の問題もやはりそうですよ。自分だったらどうするか、ということになるわけです。だから本当の知恵などというものは、そんなにたくさんはないのです。あとはみな当て推量に過ぎません。個人と社会の問題にしても、両者の間には、はっきりと或《あ》る断絶があります。具体的な生活の中では、この断絶はいつも経験されているのです。抽象的な論理でそれを統一することはできても、いちおう安心できるというだけのことだ。個人と社会との間に橋をかけるのは、理論の問題ではない。みんな生活してみた上での話です。

学生E 先生はなぜことさらに常識を取り上げられたのですか。

小林 私は大体常識のない男だということになっています。また、書くものも逆説的なものが多いと思われています。しかし、自分の書いたものをふりかえってみて、俺は何を信じて書いてきたかというと、つまりは常識という言葉になるな、という考えが私にあるからです。

常識というものを考えていくと、人間は少しも変らないという立場に行き着く。今日では大変軽んじられているこの立場も考え直してみたい、そうも思ったのです。

学生F　ソクラテスの哲学に対する基本的な態度と、孔子の学問に対する態度には関連があると思いますが、いかがでしょうか。

小林　あると思います。ソクラテスの「無知の知」と孔子の「知らざるを知らずとせよ。これ知るなり」とは同じ意味だと考えてもいいでしょう。偉い人の言葉はみな同じようなことになるのは不思議です。そしてみな大変やさしいことをいっています。

本当にいい音楽とか、いい絵とかには、何か非常にやさしい、当り前なものがあります。真理というものも、ほんとうは大変やさしく、単純なものではないでしょうか。現代の絵や音楽には、その単純なものが抜け落ちています。そしてそれは現代人の知恵にも抜けていることを、私は強く感じます。たとえばデカルトには、何か近代人の及びもつかない単純性がある。明るくて、建設的なものがあり、陰気なものは影も形もないのです。けれども、現代の思想には、憂鬱《ゆううつ》なもの、皮肉なもの、裏に廻ってものを見るような態度、いわば女々しいものがあります。デカルトには実に男性的なものがあって、そこに私はひかれます。

徳川の勃興期《ぼっこうき》の儒学などにも、明るさと単純さがありますよ。本居宣長もそうです。大変明るくて、皮肉とか陰気とかいうものがまったくない。自分の仕事を信じきっているのです。現代に欠けている一番重大なものは、そういうものではないかと思っています。

（昭和三十九年八月九日　於・鹿児島県桜島）

講義「文学の雑感」後の学生との対話

学生A　日本人の信仰についてお尋ねします。神というものを日本人は古来どういうふうに捉《とら》えてきたのでしょうか。そして、本居宣長さんは神を信じていたのでしょうか。

小林　神という言葉について、本居さんは「とうとうわからなかった」と言っています。一応研究したのだが、思い当たらず、と。まず、語源がわからない。カミは上《カミ》、上《うえ》だというけれど、これもあてにならない。中国の字で神《シン》という字を当てますが、これは日本人の言う神《カミ》ではない。無論、英語のゴッドなどとは何の関係もありません。日本の神というのは、宣長さんの研究では、何か優れた、恐るべき能力を持ったものです。それは人でもいいし、どんな形をとっていてもいい。だから、タヌキでもキツネでも神になりうるのです。人間以上の能力、人間ばなれした能力を持っているものは、すべて神だと、古人はそう考えていたと宣長さんは言うのです。たとえばキツネに化かされると昔は言いましたね。化かすなんてことは人間にはできませんから、そんな能力を持っているキツネは神になるのです。

宣長自らがそう信じたというのではないのですよ。あの人は歴史家として、〈古意〉というものを信じたのです。『古事記』を深く読んでいくうちに、あの人の考えは非常に複雑で簡単に言えはしないけれど、古人が信じた神秘的なものを、「それはもっともなことである」と信じたのです。しかしこれは絶対に、ゴッドではない。日本には神がたくさんいるのです。海も山も木も神です。たとえば古人は、山は心を持っているものだと信じた。山の心というものがあると信じたのです。ですから古人は山に対して、尊敬あるいは親愛の態度を取った。そういう態度、これを信仰と呼んでもいいが、それは人間として実にもっともなことであり、人間の一番根本的な経験であるから、私はそれを信ずるし、古人のこういう心持ちはまだ私たちの中に残っているではないか、と宣長さんは言うのです。〈理〉はこういう考えを浅はかなことだと軽蔑《けいべつ》するが、それは理のほうが浅はかなのです。

宣長さんは、古人とは違った信仰も持っていました。『古事記』というのは古《いにし》えの日本の言い伝えをそのまま伝えたものであり、日本人の生活経験の一番古い記録ですね。それを長い時間をかけて読んでいくうちに、宣長さんは、『古事記』には少しも

〈道〉らしいもの、理屈めいたものがないことに気づくのです。そこでは日本人はおおらかに、悲しいものは悲しみ、怒るところは怒り、正しいことは正しいとして行っている、そう宣長さんは信じた。つまり、道というものを知りながら、道らしいことを全然説かずに暮らしている、そう宣長さんは信じた。そんな日本の国こそ、まことにありがたい国だと思わなくてはならない、というのが宣長さんの信仰です。これはあの人の信仰であって、古人がそんなふうに思っていたわけではない。宣長さんは若い頃お坊さんになったくらいで信仰について深い考えを持っていた人ですが、あの人の信仰には、お坊さんというよりはもっとずっと美的なところ、文芸的なところがあるな。

『古事記』は、まず天武天皇が考えて、その天皇の遺志を継いで後世になってできた書物です。天武天皇の志は、天皇がなぜ権威を持って日本を治めているのか、それは天皇が神から発した子孫だという言い伝えがあるからだと書き表したかったのです。諸君も、そういう言い伝えは知っているだろう。天武天皇はそれを歴史に残しておきたかった。歴史といっても、今の歴史の概念とは全然違いますがね。

宣長さんは、『古事記』を深く読み、日本を愛したのだけれど、国粋主義者ではない。あの人は、僕たちの宿命を信じた人です。僕たちは宿命として、日本人に生まれてきたのです。僕も君たちも好んで日本人に生まれたんじゃない。誰かにそう定められたから、僕たちは日本人なのです。そうであるなら、その定めのとおりに生きなければ、生きられやしないのです。たとえば、日本語を使わなければ僕たちの心持ちはどうしても表すことができないように生まれついている。これは定めなのです。日本人は日本人の伝統というものの中に入って物を考え、行いをしないと、本当のことはできやしない、と宣長さんは考えた。伝統の中に入らなければ、本当の自分を知ることはできない、と考えたのだ。そして伝統の中に深く入っていくことが、そのまま普遍に向かって開くことだと承知していた。僕はそう思うな。君は、普遍的なもの、人類的な観念などをいきなり摑《つか》むことはできない。君は、あくまで君流に摑まえるしかない。しかし、本当の意味で君流にやっていきさえすれば、それは必ず普遍的なものに対して道を開いていくことになるのです。

学生B 先生は先ほど、山桜花は美しいとおっしゃいました。たとえば僕は、ルノワールの絵は美しいと思いますが、他の有名な画家の作品を見てもどうも美しいと感じられないことがあります。〈美しい〉と感じる力というのは、生まれつきに持っているものなのか、それとも、何かしら見ているうちに訓練されて、やがて美しいという感じを摑むことができるものなのか、お答えいただきたいのですが。

小林 生まれつきという側面もありますね。私は孫が二人いて、四歳と二歳ですが、もう二人で性質が違っていますよ。はは あ、このへんからだんだん個性が出てくるのか、生まれつきというのはたいしたものだと恐ろしくなるようですがね。それはそれとして、訓練というのもまた大切なものです。

目でも耳でも、絶えず色を観《み》て、音を聴いていなければ、発達なんかしません。僕は、絵描きの友達、たとえば梅原龍三郎《りゅうざぶろう》さんなどと喋《しゃべ》っていると、彼らの目玉の働き方にしばしば驚かされます。きわめて敏感に物を観て、実によく覚えている。絵を描いている人はいつでも目を訓練しているから、僕らが見えてないものが見えているのです。僕らは見えているようで、全然見えていませんよ。

僕は物好きだからいろいろやってきましたが、ある時期、刀屋が僕のところへしょっちゅう来ていたことがあるんです。僕は刀を教わろうと思って、刀の見方を聞いていた。たとえば〈映《うつ》り〉というものがある。だが、刀の映りとはどういうものか、説明することはできないのだな。刀屋が刀を指して、「ここにあるでしょう、ここに。ご覧なさい、今出ております。これ映りです」。いくら見たってありません（会場笑）。すると刀屋は、「ああ、まだお見えになりませんね。今にお見えになります」と、こう言うんです。

これは現実なのです。想像上のことではないのです。現実に、そこに映りは出ている。刀屋には見えているんです。それが僕には感じられないのです。しかし、刀を見て、見て、見ているうちに、僕にも見えてくるんです。そのとき、僕はちょっとギョッとしましたね。これは刀に限らない話ですよ。

君はルノワールが好きだと言っているが、ルノワールの目玉からすると、君の目玉など赤ん坊みたいなものだな。たとえば薔薇《ばら》を見て、君はただ「赤い花だ」と思うだろう。しかしルノワールならば、同じ薔薇の中にどのぐらいたくさんの色を見分けているか。そういう具合に分析的に見る能力ならば、訓練で身につけられるし、訓練しなければ駄目だと思います。本を読むこともそうだ。本もたくさん読んでいけば、自《おの》ずと見えてくるものが違ってくるのです。人を見るのでもそうですよ。やはり訓練や経験を積みますと、ふっとわかってきます。

学生C 先生は〈もののあはれ〉を知ることは、感情ではなくて認識だとおっしゃいました。それでよろしいでしょうか。

小林 そうですね。

学生C このことについてもっとお話していただきたいのですが。

小林 宣長さんは、〈もののあはれ〉について、〈知る〉と言っています。あはれを〈感じる〉のではないのですね。「あはれ、あはれ」と思うのは感情ですが、物の心を知ること、事の心を知ること、それが〈もののあはれ〉を知ることであると宣長さんは言っている。知ることは、認識ですね。

ある人間の生活でもいい、花でもいい、そういうものを見て、僕たちの感情が動く。でも、感情が動くだけではしょうがないのです。その意味合いを味わうことこそが大切であり、それが知るということなのです。花には花の心というものがある。花はあの姿で、何かを表しているのです。〈もののあはれ〉を知るというのは、花の心を認識することです。

宣長さんは、考えは深いのだけれど、深くは説かなかった人です。しかし、〈もののあはれ〉を知るということが、人生という経験の根本にあるとあの人は考えていたと僕は思っています。

現代人は、すぐに行動しなくてはいけないと考えます。〈あはれ〉を知る、ということは、行動ではないのですよ。物を見ること、知ること、つまり認識です。物を本当に知るというのは一つの力なのだということを、現代人は忘れていますね。現代人はすぐ行動したがるのです。その行動の元になっているのが科学です。

科学などというものは、物を知るためには、ちっとも役に立っていません。なるほど、月に行くためには、敵を殺すためには、労なくして物を得るためには――そういう諸々《もろもろ》の行動をするためには、科学は非常な役割を果たしているでしょう。けれども、人間の生活とはどういう意味合いのものであろうかといった認識については、科学は何もしてくれないのです。

たとえば、人間にとって水とは何か、どういう意味合いを持っているのだろうかと考える時、この水の意味を知ることと、水を分析してH_2Oだと知ることとは全然違うでしょう。それはもちろん、水という自然を僕らがうまく利用し、行動するためには、分析してH_2Oだと知らなくてはいけない。しかし水を認識することについては、科学は何の助けにもならない。

僕が君の性格を知るということは、君という人の〈もののあはれ〉を知ることです。そういう君を認識することです。しかし、僕が生物学者として君を知る時は、君の性格を抜かしてしまって、心臓移植とか何とか、医学の進歩のために君を解剖する。これは君を認識することとはまるで別だろ？　そういう意味です。

学生C　どうもありがとうございました。

小林　はい。

学生D　歴史を見つめるということは、自己をわかるということだ、というふうに言われました。古代人の心を自分の心の中に蘇《よみがえ》らせることが、即、自己を見つめることになるというのが、まだよくわからないでいます。

小林　それは、こういう意味ですよ。歴史家とは、過去を研究するのではない、過去をうまく蘇らせる人を歴史家というのです。本当の歴史家の書いたものは僕らに大変魅力があるでしょう？　なぜ魅力があるかというと、歴史家の精神の裡《うち》に、過ぎ去った歴史が生き返っていて、その生きたさまを書くから、僕らを捉えるのです。歴史家の目的は、歴史を自分の心の中に生き返らせることなのです。君が歴史家たらんとすれば、現代の心で昔の人の心にきちんと向き合わなければならない。今、非常に誤解されているが、歴史というものは、僕らの外にあったものだと思われるようになってしまった。だから、歴史というものは、見ようと思えば見えるものだと思っている。本能寺の変なら本能寺の変で、天正十年にあそこでこういうことが起こったのだと、知識として過去を調べることが歴史になってしまっている。過去を今の僕たちの心の中に生かすことなどは無駄だと考えるようになってしまった。

考古学者だってそうでしょう。そこかしこを、やたらに掘り返している。ここに藤原の都があったらしいと、その証拠が見たくて、掘ってみる。すると確かに、都の跡が出てくる。それで論文を書くと博士になれる。では、その人は歴史を知っているかというと、知らないのだ。論文には、「ここにあった」という知識を書いただけです。

歴史家ならば、自分の心の中に、藤原の都の人々の心持ちを生かすという術《すべ》がなければいけない。つまり、歴史家には二つ、術が要る。一つは調べるほうの術。そして調べた結果を、現代の自分がどういう関心をもって迎えるかという術です。

そういうふうに歴史を考えますと、諸君にとって、藤原の都を調べるのと、諸君の子供時代を調べるのと本質的には同じでしょ? 両方とも過去です。一つのほうが時間的に遠くて、君の子供時代は近い、というだけです。昨日の君について調べるのだって、いい。昨日の君は、もう過去です。その昨日のことを、君はありありと今のことのように思い出すだろう? 昨日自分は何をしていたか、何を感じていたか。一生懸命考えるだろ? それが歴史を研究しているということなのです。そこでは君はもう歴史家ですよ。君の親の過去を研究してもいい。あるいは君、一秒前のことはどうだ。一秒前だって、もう今ではないじゃないか。そういうふうに、歴史というものは、どこを切ったっていいんです。古いも新しいも、ありはしないのです。それを生き返らせるのは君の力です。君の能力です。人に生かしてもらうことはできない。

だから、歴史は常に主観的です。主観的でなければ、客観的にはならないのです。今、客観的とか主観的とかという言葉を盛んに使うでしょう。みんな、意味もなく使っているんです。少し考えてごらんなさい。客観性って何か、わからなくなってくるじゃないか。そうだろ？

歴史における客観的事実はありますよ。しかし、それを僕たちの裡にまざまざと生き返らさなければ、客観的事実にならないではないか。「本能寺の変が天正十年にあった」だけでは生き返らないし、客観的事実にすらならない。君が主観と客観を両方使って、生き返らさなければいけない。そうやってはじめて本当の客観的事実、歴史的事実というものになるのです。クローチェが「歴史は現代史である」と言ったその意味はそこにある。この点、クローチェは非常に徹底しています。ヘーゲルなんかよりずっと徹底しているな。それでいいですか？

学生E　歴史を学ぶことは、自己を見つめることになるとおっしゃいました。それはつまり、自分の中に、過去の事件や古人の心情を蘇らせることによって、自分の中の自分、つまり自分の心もまたわかってくるし、豊かになるということですか。

小林　君が自分を知りたい時も、直接には君自身を知ることはできないのです。直接自分を知るなんて、そんなのは空想ではないかな。自己反省などと言うが、そのとき君自身はどこにいるのですか。君自身を反省するとは、君の子供の時のことを考えることだ。子供の自分は他人ですよ、歴史的事実ですよ。それは君の歴史かもしれないけれども、現在の君ではない。もう過ぎ去った歴史的事件です。だから、君の子供時代を振り返ると、君のことがわかってくる。

では、織田信長を振り返ってみたまえな。織田信長という人間の性格は、『信長公記《しんちょうこうき》』という本を読めば、理解できる。君が読み終わって「ああ、信長ってやつは、こんなやつか」と思ったのなら、「俺は信長ってやつに興味を抱いているな」とわかる。あるいは、嫌なやつだなと思うかもしれない。すると、「信長を嫌うものが自分の中にあるな」とわかります。それこそは君、自分を知ることではないか。

歴史には、こんなにたくさんの人間がいて、偉い人、莫迦《ばか》なやつ、いろいろいますよ。それを読むことは楽しいし、君の知識を豊富にする。それは、君の精神が豊富になることだ。自己を知るということは、君の精神を豊富にすることであって、別に自分が取るに足らない男だなどと知ることではない。歴史を知ることは自己を知ることだというのはそういう意味です。わかった？

学生E ありがとうございました。

学生F 本居宣長は〈やまとごころ〉、あるいは〈まごころ〉という言葉を使っていたかもしれませんが、昔はどこの国にでもあったのだけれども、今はただ日本にのみ伝わっていると言っていたように記憶しています。それと、「生まれながらの真心なるぞ、道にはありける」ですか、そんな言葉もあったと思いますが、先生はそういう言葉について、どのようにお考えでしょうか。

小林　宣長さんの先生は、契沖《けいちゅう》という人です。宣長さんが若い時分に京都にいた頃、契沖の『勢語臆断《せいごおくだん》』という本を読んだ。「勢語」というのは『伊勢物語』のことです。臆断というのは、臆は臆測の臆、断は断定の断で、つまり『伊勢物語』を読んで、俺はいろいろ考えて、こうだと思った、という面白い本です。『伊勢物語』の中に在原業平《ありわらのなりひら》の歌が出てきます。「つひにゆく道とはかねて聞きしかど昨日今日とは思はざりしを」。これは業平が死ぬ前に詠《よ》んだ歌だね。契沖は『勢語臆断』の中で、人間は、生きてるうちは嘘《うそ》をついたり、つまらないことを言ったりしてもしかたがないが、死ぬ前ぐらいは本当のことを言うべきだ、ところが辞世とかいって歌を詠んでも、みんな悟りがましきことを言って死ぬ、偽りを表して死んでいく、と憤慨している。そして、そこへいくとこの業平の辞世は実にいい歌だと褒めた。これを青年時代の宣長が読んで、たいへん感動したのです。その感動を晩年に思い返して、『玉勝間《たまかつま》』という本に書いています。契沖のことを、「やまとだましひなる人」と呼んでいる。そして、こういう歌をいい歌だと思うような人を〈やまとだましひ〉のある人だというわけです。

この歌は、読んで字のとおりです。一つの悟り、人間の〈まこと〉ですね。でも、それだけではなくユーモアさえあります。これは悲しい歌ではなくて、自分が死ぬことに勝った人の歌ですよ。しかも、表現にちっとも偉そうなところがない。こういう歌は〈やまとだましひ〉のある人でないと詠めない。宣長さんは、そう言ったんです。

宣長さんは、「やまとだましひなる人は、法師ながらかくこそありけれ」と書いた。坊さんであっても、〈やまとだましひ〉のある人はこういうものに感心するんだ、というわけです。「法師ながら」と言ったのは、坊主《ぼうず》というものはだいたいにおいて悟っていないと宣長さんは見ているからです。日本人として生まれて、ごく当たり前に生活をすれば悟ることができる。ところが、坊主はわざわざお経をあげて悟ろうとしている、お経によって人生をわかろうとしている。これは〈やまとだましひ〉ではない。宣長さんはそこまで達した人です。

つまり平常心、平生《へいぜい》の気持ちだね。それはどのくらい大事なものか。平生などというと、僕たちはただ単に常識的なものをすぐ考えてしまうが、そうではないのだ。君という人間は、この日本に生まれ、日本語を使っている人種なのだ。それは君にとって、非常に大事なコンディションだろ？　そのコンディションを離れて、別の何かにすがっても立派なことはできないのだ。これは諸君、国粋主義とは違うぞ。これは国際主義でもないけれども、国粋主義でもない。君という人間が生まれた、その条件というものを君がはっきりと自覚して大切にする、ということなんだよ。

学生F　そのままを知る、というようなことですか。

小林　これはまあ口では言えないな。口ではなかなか言えないことが人生にはありますよ。「言う者は知らず、知る者は言わず」という言葉どおりで、こうして講演をしているような人間は存外知らないものですよ（会場笑）。しかし、うまく答えの出ない、厄介なことがあるから面白いのです。人生がすぐ易しくなっては、かえってつまらないじゃないか、退屈で。そう思わない？

学生F　はい（笑）。また考えさせていただきます。どうもありがとうございました。

学生G　僕たちの天皇に対する接し方と申しますか、おつきあいの仕方というものはどうすればよいのでしょうか。

小林　誰に対する？

学生G　あの、天皇です。

小林　天皇？

学生G　はい。

小林　ああ、君はどうして、そういう抽象的な言葉を出すかな。君は天皇というものについて、関心がある？　天皇制がどうだとか、民衆意識がどうだとか、そういうことに僕は答える興味がないんだよ。というのはね、君は心の底からそういうことに関心があるわけではないからなのだ。

天皇に対して本当に親しみを持っているのは、ほとんど側近の方だけではないかな。諸君が聞かれてどう思うかわからないが、こんな話をしよう。このあいだ、僕は皇居を拝観に行ったのです。その時、今度新しくなった皇居を設計した人が案内してくれた。その人に僕は天皇の話をいろいろ伺った。すると何のついでだったか、鴨《かも》の話になって、「あなた、そんなに鴨がお好きなら、今度、新嘗祭《にいなめさい》の時にご招待しましょう」と言われた。

新嘗祭の夜、陛下はたった独りで賢所《かしこどころ》にお入りになる。そこで何をなさっているのかは誰にもわからない。無論、新嘗祭ですから、新しいお米を神様にお供えして、お礼を申し上げる儀式があるのだが、これはどういうものか天皇しかご存じない。天皇だけが綿々と守ってこられた儀式です。

賢所に入られると、長いこと出ていらっしゃらない。そのあいだ、臣下はかがり火を焚《た》いて、陛下を待っている。新嘗祭は晩秋ですから、真夜中になると寒い。寒いから、白酒《しろき》、黒酒《くろき》が出る。お酒、どぶろくですよ。そして、鴨の雑炊が出る。「その鴨はうまいですよ」と、その人に言われた。「あなたがそんなに鴨が好きならば、今度、陛下のお入りになる時に外で一緒にお守りをして下さい。その時に鴨のお雑炊を差し上げます」。

これで僕は、陛下に対するアンティミテ（親近感）ってものがわかった気がした。もちろん普段の僕には、天皇へのアンティミテというものはありません。それは僕の性格だし、現代人はみんなそうでしょう。しかし、その話を聞いた時に、ああ、アンティミテとはこういうものだなとわかった。このアンティミテを、昔の日本人は持っていた。ついこのあいだまで持っていた。これも歴史です。僕がその人から聞いたのは一つの証言、歴史の資料ですよ。こういう話を聞いた時、僕たちは歴史家にならなくてはいけない。日本という国、あるいは天皇というものについて、こういう卑俗なところから経験するのです。

だから、天皇制なんて言葉からいっては駄目だね。あるいは昔の勤王、いわゆる志士のことなどからいっても、よほど資料に対して眼光紙背《がんこうしはい》に徹する目がなければ駄目だ。そういうふうに僕は答えるよ。天皇制というような言葉、今の政治問題としての天皇の解釈、今のインテリ風の天皇の解釈、そんなものに僕は何の興味も持たない。陛下はこういうことをなさってきた、いまだになさっているのだなどとは、教育で教わらないだろ。残念だね。陛下は、われわれの先祖に対して、ちゃんとした信仰を持っていらっしゃいますよ。

今度拝観した時も感じたのだが、皇居と今の日本のインテリは、関係がないのです。これは実に不思議なことだな。あれは実に美しく、堂々たる建築で、僕は文化だと思うが、木と石とで出来ています。中はもちろん近代的な鉄骨ですけれども、あの美しさは木と石から来ている。

外国人もずいぶん拝観しに来て、とりわけスウェーデンの建築家が驚嘆したのだそうです。それで、スウェーデン政府がこれだけの細工をする大工さんをぜひ招待したいと言い出したのだが、僕を案内してくれた人が、すぐに断った。「これを作った大工さんはもう七十歳以上の人ばかりだ。名人といわれている大工さんばかりだが、そんな名人たちをスウェーデンなんかへ連れていったら、飯食わせないだろ？パンだろ？　みんな駄目になりますよ」（会場笑）。

新しい皇居の建築に使った木は、樹齢六百年以下というのはないのです。すべて六百年以上、樹齢八百年、千年というような木を使っている。しかし、そんな木はもう日本にないんだそうですな。これには本当に驚きました。「木曾の御料林《ごりょうりん》ってどうなりました？」「もう荒廃しちゃって駄目ですよ」。だからヘリコプターを使って、三年ぐらいかけて見つけてきた木ばかりで建てたというのです。

陛下の御座所《ござしょ》に謁見《えっけん》の間があります。そこには、ずらりと大きな欅《けやき》の板を敷き詰めてある。樹齢千年という欅ばかりです。木目がしっかり出ている。拭《ふ》き漆をかけて、ピカピカとしている。謁見する人はそこを歩いて、陛下の前まで進んでいく。謁見する人は、外国人が多いでしょう？「すると、ここは靴で上がるんですか」「そうです」「だって婦人もいるでしょう。ハイヒールでここを歩くんですか。拭き漆の一枚板、みんな傷がついちゃうじゃないですか」「ええ、それはそうです。しかし、それはしかたありませんな」。僕はその答えを聞いて、感動しました。こういうのが文化だという気がしたな。

皇居を拝観して、話を聞いていると、僕は陛下について思い出します。やっぱり、何か血があるんでしょう。そういう経験については話せます。だけど、天皇制を現代人としてどう考えたらいいか、なんて質問には、僕は答えないんです。そういう軽薄なる質問にはな。

学生G　どうもありがとうございました。

小林　はい。

学生H　先生のお話で、今の医者は治療することをせずに、あそこが悪い、ここが悪いと言って、金を儲《もう》けているというふうにおっしゃったと思いますが、僕の勝手な推測を言わせていただきますと、これは批評家についてのお話ではないか。批評家は他人の書いたものをここが悪いとか、あげつらうだけではいけないと言われたのではないかと思えました。というのは、先生はかねがね、批評家が文芸評論を書いて満足している状態を不満に思われていたように思うのです。『様々なる意匠』で、「詩人にとっては詩を創《つく》る事が希《ねが》いであり、小説家にとっては小説を創る事が希いである。では、文芸批評家にとっては文芸批評を書く事が希いであるか？」、そして「批評とは竟《つい》に己れの夢を懐疑的に語る事ではないのか！」と書かれています。このことについてお答えいただきたいのですが。

小林　それは医者とどういう関係がありますか。

学生H　あれは、僕には比喩《ひゆ》に思われたのですが。

小林　そういう比喩のつもりではなかったのですがね。ただ、批評というのは、僕の経験では、創作につながります。僕は、悪口を書いたことはありません。少し前には書いたこともありましたけれども、途中から悪口はつまらなくなって、書かなくなった。悪口というものは、決して創作につながらない。人を褒めることは、必ず創作につながります。褒めることも批評でしょう？　僕はだんだんと、褒めることばかり書くようになりましたね。褒めるというのは、医者のほうから言うと、病気を治すほうになるのではないですかね。

学生H　批評とは無私を得んとする道だ、ともおっしゃいましたが、それはどういう……。

小林　無私というのは、得ようとしなければ、得られないものです。客観的と無私とは違うのです。よく、「客観的になれ」などというでしょ？　自分の主観を加えてはいけないというのだが、主観を加えないのは易しいことですよ。しかし、無私というものは、得ようと思って得なくてはならないのです。これは難しいな、ちょっと口では言えないな。

つまりね、君は客観的にはなれるが、無私にはなかなかなれない。しかし、書いている時に、「私」を何も加えないで「私」が出てくる、そういうことがあるんだ。君は、自分を表そうと思っても、表れはしないよ。自分を表そうと思って表しているやつは気違いです。自分で自分を表そうとしているから、気が違ってくるんです。よく観察してごらんなさい。自己を主張しようとしている人間は、みんな狂的ですよ。そういう人は、自己の主張するものがどこか傷つけられると、人を傷つけます。

人が君を本当にわかってくれるのは、君が無私になる時です。君が無私になったら、人は君の言うことを聞いてくれます。その時に、君は現れるのです。君のことを人に聞かせようと思っても、君が現れるものではない。あるいは僕が君の言うことを聞きたいと言った時、つまり僕が無私になる時、僕はきっと現れるのです。ちょっと難しいな、なんとなくわかった？　なんとなくでも、それが無私を得るということです。

学生I　さきほどからお話をお伺いしていまして、〈やまとごころ〉について、それこそなんとなくですが、私なりにわかったところもあるように思えます。けれど同時に、科学する心を空々しくも思えないのです。科学と認識は違うと仰《おっしゃ》いましたが、自然科学を索漠たるものだと考えてしまっては、何というのか、怖くなるような気がするのです。それを自分の中でどのように整理していいのか戸惑っています。

小林　物を本当に知るのは科学ではない、物の法則を知るのが科学です。いいですか、そこはよく考えてもらわないといけない。つまり、科学というものは、法則を目がけているだけなのです。科学は、僕らの本当の生きる経験などは要らないのだ。生きている意味合いなど、科学は認めないのですよ。いつでも科学は、物と物との因果関係、自然はどういうふうに動いているかという因果関係を目指しているものです。科学は僕らの生活経験の認識を目指しているのではない。僕たちが生活においてどういうふうに能率的に行動すべきか、ただそこを目指しているだけだ。そういう意味で、科学は認識ではありません。

学生Ｉ　科学を捨てろということかと思ってしまいまして。

小林　そんなことはありませんよ。科学はそういうものだと、その性質を知って科学をやりなさいということです。今は、科学をしなければ、誰も生きていられません。物の法則を知ることだって、人間には大切なことです。だから、科学を捨てろというのではないんです。ただ、僕らは科学に負けてはいけない。科学は、本当に物を知る道ではなく、いかに能率的に生活すべきか、行動すべきか、そういう便利な法則を見《み》出《いだ》す学問なのです。それもたいへん必要なことだけれども、見誤ると、科学さえやっていれば僕らは物を知ることができると思ってしまう。「そっちの原因は何だ？」「そっちの原因はこうだ」「じゃ、あっちの原因は？」「あっちの原因はこうだ」。これ、無限でしょ？　原因は無限に、いくらでも調べることができる。一体、これが物を知ることですか？　そっちとあっちの関係を知るだけで、物を知ることはできやしません。これが現れるためにはこういうコンディションが必要だ、こういうコンディションが出来《しゅったい》するためにはこういう原因が必要だ。そんなふうに、いくらでも複雑になる。しかし、物そのものを認識するのとは、これはまったく違うことです。

認識とは、科学みたいに便利なものではありません。僕の認識することと君の認識することは違うじゃないか。だから喧嘩《けんか》もする。その代わり、君は僕を好きになるかもしれない。それは僕たちが違うからではないか。そうだろう？　僕らの認識とはそういうものなのです。

僕らの認識は僕らの生活を決して便利にはしてくれません。だけど、僕らの生活を生活しがいのあるものにするのは、認識です。僕らの生活は、僕らの認識によって、喧嘩にもなるし愛にもなる。認識とは、非常に面倒なものです。その面倒なところに人生があるのです。そこの値打ちを知らないといけない。

人生というのは、大きな芝居みたいなところがありますが、さまざまな俳優がいろいろ面白いことをしているのを客席から見ているだけではいられなくなる。僕らはその芝居の中へ入って、自分も俳優になろうとします。それが人生だよ。そして、そこで働くものが認識なのです。それが〈もののあはれ〉を知ることなのです。そこで働く知恵こそが、具体的な知恵なのです。科学はその手助けをするだけですよ。僕らはその手助けを大いに利用すればいい。

合理的だと思っていろいろな計画、いろいろな行動をしても、たとえば平和運動というようなものをしても、それは無駄です。認識もできていない君は君自身の心の平和さえ保てないのに、どうして人類の平和を願うことができようかね。さっきも言ったように、本当の認識の道というのは、本当の歴史家になることです。そうすれば、自己を知るようになります。みんなが豊かに自分を知るようになれば、何かが始まるでしょうね。自分を知らない人間ばかりが集まったところで、何かをしでかすことなどできはしないのです。

（昭和四十五年八月九日　於・長崎県雲仙）

講義「信ずることと考えること」後の学生との対話

小林　僕ばかりにしゃべらさないで、諸君と少し対話しようじゃないか。僕は学校の先生をしていたことがあって、「質問は？」とよく学生に訊《き》いたものです。すると誰かが質問するね。「何だ、おまえ、なぜそんな質問をするか」と怒ったりした（会場笑）。そういう覚えがあります。実際、質問するというのは難しいことです。本当にうまく質問することができたら、もう答えは要らないのですよ。僕は本当にそうだと思う。ベルグソンもそう言っていますね。僕ら人間の分際で、この難しい人生に向かって、答えを出すこと、解決を与えることはおそらくできない。ただ、正しく訊くことはできる。

だから諸君、正しく訊こうと、そう考えておくれよ。ただ質問すれば答えてくれるだろうなどと思ってはいけない。「どうしますか、今の、現代の混乱を？」なんて問われてもどう答えますか。質問がなっていないじゃないか。質問するというのは、自分で考えることだ。僕はだんだん、自分で考えるうちに、「おそらく人間にできるのは、人生に対して、うまく質問することだけだ。答えるなんてことは、とてもできやしないのではないかな」と、そういうふうに思うようになった。さあ、何か僕に訊いてみたいことはありますか。

学生A　先生のこのたびの講演が「信ずることと考えること」（注／講義録発表時に「信ずることと知ること」に改題された）と題されているのを知りまして、それからずっと考えてきたことですが、人間はどんなに考え続けても、考えているだけでは信ずることには到達しないのではないだろうか、と思うのです。「人間は考える葦《あし》である」という言葉がありますが、信ずることと考えることはずいぶん違うのではないかという気がしています。まず、そのことを伺わせて下さい。

小林　では、〈考える〉という言葉について、本居宣長がどう捉《とら》えていたか、ちょっとお話ししたい。〈考える〉ことを、昔は〈かむかふ〉と言った。宣長さんによれば、最初の〈か〉には意味はなく、ただ〈むかふ〉ということだ、と。この〈む〉というのは〈身〉であり、〈かふ〉とは〈交ふ〉です。つまり、考えるとは、〈自分が身をもって相手と交わる〉ことだと言っている。

だから、考えるというのは、宣長さんによると、つきあうことなのです。ある対象を向こうへ離して、こちらで観察するのは考えることではない。対象と私とがある親密な関係に入《い》り込むことが、考えることなのです。人間について考えるというのは、その人と交わることなのですよ。そうすると、信ずることと考えることはずいぶん近くなってきやしませんか。

ある方法があって、その方法にしたがって対象をいろいろに解釈するのが、今の学問的な〈考える〉という意味だね。それと〈信ずる〉ことはたいへん違うけれども、宣長のやったのは文献学、一種の古学です。人間の書いた表現に対する学問です。それは要するに、人間を考えることですよ。人間というものは、遠くに対象化して、こちらから観察すればいいというわけにはいかない。

人間を考える時、人間の精神というものを考えなければならない。精神を考える時、どうしても科学の方法ではできない。その人と交わるしかないんだ。つまり、その人の身になってみるということだね。だから、考えるためには非常に大きな想像力が要ります。

一口に科学というけれども、科学の発明をした人とか発見をした人はみんな、長い時間をかけて、対象を本当の意味で考えてきたのです。自分の実験している対象と、深く親身に付き合い、交わってきた。君は何かを知っているつもりでいるかもしれないが、本当には知らないのだよ。本当に知るためには、浅薄な観察では駄目です。ある対象を観察するとか解釈する時は、一つの観点というものが必要で、その観点に立って観察する、解釈する。だが、本当に知るためには、観点など要らないようにならなきゃ駄目ではないかな。

〈考える葦〉というパスカルの言葉について、僕は書いたことがあります。パスカルは、人間はいろいろなことを考えるけれども、何を考えたところで葦のごとく弱いものなのだと言いたかったわけではない。人間は弱いものだけれども、考えることができる、と言いたいわけでもない。そうではなくて、人間は葦のようなものだという分《ぶん》際《ざい》を忘れて、物を考えてはいけないというのが、おそらくパスカルの言葉の真意ではないかと僕は書いたのです。

物事を抽象的に考える時、その人は人間であることをやめているのです。自分の感情をやめて、抽象的な考えにすり替えられています。けれど、人間が人間の分際を守って、誰かについて考える時は、その人と交わっていますよ。〈子を見ること親に如《し》かず〉というだろう。親は子どもと長いあいだ親身に付き合っているから、子どもについて知っているのです。この〈知る〉というのは、子どもについて学問的に、抽象的に考えたわけではない。本当の〈知る〉というのはそういうことだ。本当に〈考える〉というのは、そういうことなのです。

母親は子どもに対して、観点など持っていません。彼女は科学的観点に立って、心理学的観点に立って、子どもの心理を解釈などしていません。母親は、子どもをチラッと見たら、何を考えているか、わかるのです。そういう直観は、交わりから来ている。交わりが人間の直観力を養うのです。精神感応だとか、やかましいことを言わなくとも、僕らは感応しているのです。まるで千里眼みたいに、人間が一目でわかるということもあるのですよ。

学生B どうして人間は言葉を持っているのかなと疑問を持っています。先ほど柳田國男先生のお話の中で、蠟石《ろうせき》のエピソードがありました（本書四五頁参照）。小林先生は、その体験を読まれて、柳田さんという人がわかったとおっしゃった。僕も吃驚《びっくり》しました。もうそれで十分というか、どうして人間は言葉を使って話さなきゃいけないのかという感じになったのです。今、オカルトブームとか言われていますが、あれにも真理があると思うんです。例えばテレパシーで、言葉なしに伝え合うことができたら、なんと素晴らしいことかなと思います。人間はどうして言葉を必要とするのでしょうか。

小林 これもたいへん深刻な質問ですよね。よくわかりません、僕には。でも、聖書にあるでしょう。人間が楽園を追われたのは、言葉を得たからでしょう？　言葉がどうしてあったか、それはわかりません。言葉ぐらい人間を助けているものはないけれども、こういう便利なものはいつでも人間を迷わしますね。いつでも、物には裏表があるのです。理性はこんなに人間を助けているけれど、人間は助けてくれるものの虜《とりこ》になるんです。不思議です。だが、こういう不思議を解く人はいません。解けないよね。

人間は、自分の得意なところで誤ります。自分の拙《つたな》いところではけっして失敗しません。得意なところで思わぬ失敗をして不幸になる。言葉もそれと同じだな。あまり使いやすい道具というのは、手を傷つけるのです。

学生C　僕たちは今、大学で『古事記』を読んでいます。江戸時代まで『古事記』というのはほとんど読まれることもなく、読む術《すべ》もはっきりしなかったと聞いています。ところに本居宣長はどうしてそんな書物を苦心して読もうとしたのか。『古事記』のどういうところに本居宣長は感動したのか。そして、本居宣長はどういうものを『古事記』からつかんだのか。もちろん、僕たちも『古事記』を読みながら自分たちで考えていきたいと思いますけれども、ここで小林先生の考えをお聞きしたいと思います。お願いします。

小林　これはまた講演を始めからしなきゃならないようなことになります。僕は今、本居さんを書いていますから、それを読んでくださいな、今やっている仕事についてはね……。もっと簡単な質問にしてくれないとちょっと困るなあ。

宣長さんが『古事記』を読みだすまで、『古事記』というのは本当に読まれてこなかったのです。読まれていなかったのを、あの人が初めて読もうとしたのです。だからまず、『古事記』は読めるものなのかどうかが問題ですよね。太安万侶《おおのやすまろ》の記した言葉は、宣長さんが読んだとおりであったかどうか、はなはだ疑問です。あれは宣長さんの創作ですよ。こうであろうと考えたもので『古事記伝』を拵《こしら》えたのです。だから、宣長さんの学問を、実証主義とか何とか、簡単にそう呼んではいけないのだな。あれは宣長さんの直覚力とイマジネーションの産物なのです。『古事記伝』執筆のために非常に実証的な準備はしたけれども、最後にあの仕事を完成させたのは、宣長さんのイマジネーションです。古人はおそらくこんなふうに読んだであろうというものを、あの人はイマジネーションで摑《つか》んだのです。

学生C　どうもありがとうございました。

小林　いえ。あんまり大きい質問でね。

学生D　もしも、ある精神分析学者が一人のノイローゼ患者を治したとするなら、それは精神分析学という科学が治したのではなくて、そういう科学を手段として用いた医者と患者との、科学を超えた心の交流が治したと考えるべきでしょうか。そういう心の交流、感応し合う心を、僕は愛情というふうに考えるのですが、先生はどう思われますか。

小林　そう思います。僕は素人《しろうと》で精神分析学をよく存じませんけれど、やはり非常に人格と関係があるのではありませんか。分析の方法はフロイトをはじめ、たくさんの派がありますが、一定した方法というものはないと僕は思っています。その医者と患者の個性、人格の交わりが一番大事でしょう。患者はまず自分の医者を信じなくてはいけない。もしも患者が医者を疑ったなら、治りはしませんよね。だから、あなたがおっしゃるように、人格が大いにあずかって力があるというのは正しいと思う。

今の精神分析学が昔の心理学と一番違うところは、ノイローゼは肉体から起こったのではないという仮説です。ノイローゼは記憶の障害であって、脳であるとか、肉体の欠陥ではない。たとえばどこも悪いところがないのに「俺はガンだ」と言い張っている患者は、強迫観念に襲われていて、ノイローゼがあるでしょう？　観念が病気の原因なのです。だから、その観念を探り出せばいい——これが精神分析学です。精神分析学の一番の特色は、病気の原因が精神にあって、肉体にはないという仮説なのです。実際、治らない人もたくさんいるが、治る人は治る。確かに、その人の身になってみることは病気の治療には大きいのでしょう。

学生E 先生は、本居宣長が考えた神について触れられました。そこのところがよくわからなかったので、もう少し説明していただけたらと思います。

小林 いや、それはうまく説明できません。僕はいい加減なことをしゃべっているわけではないのだが、たいへん難しいことをしゃべっているのです。きわめて簡単に言いますと、宣長には神学というものは要らなかったのです。神学というのは、外国では実に大きなシステムです。しかし、宣長さんには神学などというものは要らなかった。生きた信仰、つまり人間の宗教的な経験がありさえすれば足りたのです。

宣長さんは、『古事記』に現れた神話をそのまま忠実に読んでみて、古人がどういうふうな神様の信じ方をしたか、だんだんと明瞭《めいりょう》にしていきました。古人には、ただ信仰があった。その信仰は、みんな個人個人の別々のものであった。別々の信仰で、彼らは安心していた。なぜかと言えば、〈日本人〉という民族の統一感というものがあったからです。その統一感の中にいれば、どんな神様を信じたとしても俺の勝手だと言えた。それで十分足りたのです。それが最も健全な神様の摑み方であるとみんなが信じていたんです。

つまり、神は、僕なら僕の非常に個人的経験を通じて経験されるのです。僕の哲学を通じて、あるいは僕の神学を通じて神を知るのではないのです。そんなもの、人間の知恵があとから拵えるものです。常に、知恵より経験のほうが先にあります。古代の信仰では、まず神を祀《まつ》ったのです。教条などはあとからできたのです。私の家《うち》のことをいろいろやってもらうために賢い神を祀り、お供えをあげたのです。お礼をしたのです。まず、そういう行動を取った。日本の神道というのは、最初はそういうものであった、理屈はあとからついたのだというのが宣長さんの言っている意味です。

宣長さんの〈惟神《かむながら》〉という言葉は、きわめて健全な神と人間の交渉のしかたを言っているのですよ。何かを賢いと思うのは人間の非常に私的な経験です。あるとき君は、ある山を見て賢いと思う。そこには神がいる。君はその神様と話をすることができる。君はお祈りをすることができる。君は、神様が君に何かを命令されたように感じる。そういう具合に君は行動するのです。そこには神話や教条というものはまだ存在していない。

僕は無宗教な男だから、宗教を考える時には、そういうふうな考え方しかできない。そして、まさに宣長はそんな考え方をしていると僕は思った。『古事記伝』を読んで、「あ、これならわかる」と僕は思ったのです。僕はキリスト教というのはわからない。

僕がドストエフスキー論をとうとう駄目にしたのは、キリスト教がどうしてもわからなかったからです。いいですか？

学生E　どうもありがとうございました。

学生F　先生はかつて教壇に立たれていたということですが、僕も将来、子供を愛するとか信ずるという気持ちを持って教育をやっていきたいと思っています。先生は教育をする時、どのような信念をお持ちでしたでしょうか。

小林　僕は家の子供も教育した覚えはないんだよ。ただ、一生懸命生活しましたからね。「ああ、親父《おやじ》は一生懸命生活をして、おふくろと自分を養ってくれているんだ」という感じは、僕は子供に、はっきり与えたつもりだよ。そういう点で、僕は教育したと思う。それは君、嘘《うそ》ばかりついている親父に、子供の教育はできないよ。しかし、教育法なんてものを弄《ろう》したことはない。

第一、教育法なんてありはしません。子供は学ぶものだ。そして、学ばせるものだ。子供は非常に敏感なものです。子供だからなんて、侮《あなど》っては駄目です。柳田さんが庭の祠《ほこら》を開いた十四歳の感受性は、誰もが、歳《とし》をとって鈍感になるまで持っているのです。子供は、大人のことを看破しているよ。子供は親父なんて、すぐ看破する。

僕は自分の子供の頃をよく振り返ってみるが、親父のことなんか、みんなお見通しだったね。ああ、親父はこういう性質を持っているなと見抜いていたよ。いい性質もあった。悪い性質もあった。僕は十四、五歳の時に、そのくらい見抜いたね。諸君だってそうだったろう？　子供ってみんなそういうものだよ。非常に敏感なものだ。子供の教育とかなんとかって、今やかましいことを言うけれど、子供に対して少し恥じればいいんだよ。

学生G　先生は、諸君の銘々の中に全歴史があるんだ、ただ、それを諸君が感じていないだけだとおっしゃったと記憶しております。一方、現代ではすぐに〈歴史〉という言葉がかぶせられて、現代を理解していこう、分析していこうということがたいへん流行《はや》っていると思います。その歴史が現代にとって役に立たなければ、あるいは未来の手助けとならなければ、意味をなさないといったことも言われています。

私は先生のお話でとくに感銘深くお聞きしたのは、ベルグソンの記憶について話された中で、記憶を現実生活の中に呼び覚ます、思い出していく、という言葉でした。〈思い出していく〉という素朴な行為の中には大きな力、先生がおっしゃる〈信ずる〉という道に至る力があるように思われてなりません。いかがでしょうか。

小林　これもまた大きな問題です。たしかに今、歴史は流行っています。みんなが歴史、歴史と言っている。この風潮で悪い点が二つあります。一つは、いわゆる何でもロマンチックにしてしまう歴史観。要するに大衆小説的歴史観だよ。これはいけない。テレビで何とかという役者が太閤秀吉《たいこうひでよし》を演じていたが、よく史料を読めば、秀吉という人は、現代の俳優なんかが演じられるような男ではないよ。テレビに映《うつ》るような歴史は信じてはいけない。

もう一つ、考古学的歴史観もよくない。これも歴史と称しながら、歴史にちっとも触れていないのです。たとえば、本当は神武《じんむ》天皇なんていなかった、あれは嘘だという歴史観。それが何ですか、嘘だっていいじゃないか。嘘だというのは、今の人の歴史だ。新井白石がこのごろ評判がいいのは、〈本当はこうだった〉という歴史をやったからです。しかし、歴史とは、みんなが信じたものです。昔の人が信じたとおりに信じることができなければ、昔の人が経験したとおりに経験することができなければ、歴史なんて読まないほうがいい。これは本居宣長の説です。宣長さんは、『古事記』の神話をすべて、あのとおりだと信じた。あれが神話時代の歴史であったのです。それが信じられなかったら、神話なんか読む必要がない。

現代の歴史家で、この点を一番徹底させているのはクローチェです。クローチェは「どんな歴史でも現代史なのだ」と言っている。現代の人がある史料を通じて過去に生きることができるなら、その人は歴史家と呼べるのです。それに較《くら》べて、考古学的歴史というのは、実にみんな空虚なものだ。まあ、みんな空虚とは言わないまでも、一種の学問に過ぎない。

昔は、『増鏡《ますかがみ》』とか『今鏡《いまかがみ》』とか、歴史のことを鏡と言ったのです。鏡の中には、君自身が映るのです。歴史を読んで、自己を発見できないような歴史では駄目です。どんな歴史でもみんな現代史である、ということは、現代のわれわれが歴史をもう一度生きてみるという、そんな経験を指しているのです。それができなければ、歴史は諸君の鏡にはならない。しかし、歴史の中に君の顔を見ることができたら、歴史は君のためになるじゃないか。『古事記』のどこが本当で、どこは嘘だなどと研究しても、それは一種の学問ではあるけれども、僕の言う歴史、鏡としての歴史ではない。

歴史という言葉が非常に流行っているくせに、一番忘れられているのは、この鏡としての歴史です。現代は歴史について、発達した、進歩した考えを持っていると自惚《うぬぼ》れているが、それはまるで違います。

学生H　僕は、日本人の名もなき先人の方々の悲しさについて興味があるのですが、さきほど先生のお話に出てきた柳田國男先生の「清光館哀史」を高校の教科書で読んだことがあります。その中には小さな漁村の名もなき人々の寂しい感情や姿が表されていました。先生自身、今までの日本の人々の悲しさというものをどうお感じになられますか。

小林　質問がわかりにくいのだけれど。

学生H　たとえば大東亜戦争で敗北したとか、日本の歴史上の悲しさはあると思うのですが、先生は歴史上の悲しさということをどうお考えでしょうか。

小林　本居宣長は〈もののあはれ〉と言ったのです。君は「どうお考えですか」と聞くが、根本に〈あはれ〉を感じるものがなければ歴史を読まないほうがいいんだよ。歴史は詮索《せんさく》するものではない。まず共感しなければいけないものだ。共感する時には、〈あはれ〉を感じるでしょう。〈あはれ〉を感じる心というのは、どういう心だ？　それはイマジネーションが働いているということだ。

イマジネーションというのは困った言葉だが、今言っているのはカントが言った先*験的イマジネーションのことです。このイマジネーションがないと、人間は本当には認識などできない。諸君はただ視覚で物を見ると思っているが、実は同時にイマジネーションで物の裏側まで見ているのです。

こういうイマジネーションは、人間にとって非常に必要で、理性よりもっと大きいものです。歴史を知るにはイマジネーションが必要なんだ。歴史は、今はもう目の前にないものだから、諸君がイマジネーションによって呼び起こさなくてはならない。

君のイマジネーションが働けば、今ここにない歴史がちゃんと見えてくる。

そんな不思議な働きをする心を、みんな抱いているんだ。だから僕は、諸君の中に全歴史がある、と言うのです。諸君は自分の心の中に、諸君のイマジネーションによって日本の歴史をいきいきと呼び起こすことができる。諸君はそれを見ることができる。心の眼によってね。日本語には〈心眼〉という面白い言葉があるじゃないか。歴史は、諸君の肉眼なんかで見えるものじゃない、心眼で見るんだよ。生物学がいう眼の構造など、非常に抽象的なものです。ベルグソンは、人間は眼があるから見えるのではない、眼があるにもかかわらず見えているのだと言っているよ。僕の肉眼は、僕の心眼の邪魔をしているんだ。そして、心眼が優れている人は、物の裏側まで見えるんだ。

生理学は眼の構造がどうの、水晶体がどうの、網膜がどうのと絵に描いて見せるけれども、心眼がどうなっているかは絵に描けないでしょう？　しかし事実、本当に生

先験的イマジネーション　「先験的」は先天的、人間誰もが生まれながらにもっている意。後天的に生育過程で得る社会的、心理的、生理的などの経験の有無にかかわらず働く想像力。

きた眼というのは、肉眼の中に心眼が宿っているんです。心眼がなければ、僕のこの水晶体はうまく働きませんよ。

女子学生Ｉ　感受性ということについてお聞きしたいのです。先ほど、柳田先生がおばあさんの祠の前でなさった体験について伺いました。それと別に、柳田先生のお弟子さんたちは学問はしているけれども、心がないから……先生は「つまらない」という表現を使われたのですが、それを聞きますと、私など自分が救われないような気がしてしょうがなかったのです。やはり感受性というものは天性のものなのでしょうか。

小林　やっぱり天才というものはあるのですよ。僕らは天才じゃないから、天才のものを読みますと、自分がたいへん情けなく思えるのです。それは誰にでもあることで、そんなことを僕ら凡人はあまり気にしてはいけません。「僕は感受性を持っていないのではあるまいか」などと考えてはいけない。そうではないのです。そんな考えは感受性を隠します。わざわざよけいなことを諸君は考える必要はないのです。

　僕は柳田さんのお弟子さんたちについて失礼なことを言ったけれどね、柳田さんのような偉い人は、なかなか出てきませんよ。柳田さんの本当の弟子は、*折口信夫《おりくちしのぶ》さんぐらいのものでしょう。折口さんが『*遠野物語』を上野の公衆電話の下にしゃがみこんで、その明かりで読んだ話を書いています。それを読むと、ははあ、どうもこれは、非常に才能のある人と才能のある人の出会いだなと、ただ感心するほかない。これはしかたがないです。

僕ら凡人は、そんなことをくよくよ思っちゃいけない。俺には感受性がないんじゃないか、そんな余計なことを考えちゃいけない。感受性はみんな持っています。感受性が非常に鋭い人と鋭くない人はあるかもしれないけれど、あんまり鋭いと気が狂うからね、それはそれでかわいそうだ。ちょうどうまい具合に育てばいいけれどね。ただ、諸君が持っている感受性を、学問で、あるいは生意気な心で、傲慢《ごうまん》な心で、隠してはいけない。諸君の感受性は、傲慢な心さえなければ、どんどん育つのです。そういうふうに考えたほうがいいのではないですかな。

（昭和四十九年八月五日　於・鹿児島県霧島）

折口信夫　国文学者、歌人。明治二〇～昭和二八年（一八八七～一九五三）。著作に「古代研究」「海やまのあひだ」などがある。

遠野物語　柳田國男の著書。明治四三年（一九一〇）刊。岩手県遠野に伝わる昔話、伝説、怪談、民話、世間話を集成した。

講義「感想―本居宣長をめぐって―」後の学生との対話

司会　先生、少しお休みになりますか。

小林　いや、いいです。

司会　よろしゅうございますか。では、質問に入りましょう。

学生Ａ　先生が対話と雄弁についてお話になったのを聞き、それに先生のお書きになったものを考え合わせてみますと、雄弁には〈もののあはれ〉はないけれども、対話にはそれがあるというふうに聞こえたのですけれど、よろしいでしょうか。

小林　宣長*さんは表現する時に、対話体、ディアレクティークというものをよく使った人です。〈もののあはれ〉を論ずる場合でも対話体を使っています。君の質問は、〈もののあはれ〉を論ずる場合に、宣長さんが対話体を使っているかということですか。

学生Ａ　いえ、そうではなくて、雄弁というものは、人を説得しようとする。そういうふうに心が動くと、〈もののあはれ〉の働きというものが消えてしまうと感じるのですけれど、どうでしょうか。

小林 ああ、そうですか。それはね、レトリックという言葉があるでしょう? 元来ギリシャで生まれたものですが、当時のギリシャという国は政治的混乱が猖獗《しょうけつ》を極めていて、政治家が乱立して、議論を戦わせていた。そこでレトリック、雄弁術というものが必要に応じて発達したんです。

〈もののあはれ〉とは何かを研究するのは学問でしょう? だけど、レトリックを使う人は、〈もののあはれ〉について論じていても、今目の前にいる人を説得する、それが目的なのです。〈もののあはれ〉とは何であるかを知ること、すなわち学問が目的ではないのだ。相手に〈もののあはれ〉はこういうものだと納得させれば、自分が勝ちになる、みんなを感心させることができる。それが雄弁です。

雄弁術の目的は、だから、真理にはない。真理ではなくて、自分の利益にあるので

宣長さん 本居宣長。江戸時代中期の国学者。一三頁《ページ》参照。小林秀雄は昭和四〇年から「本居宣長」を『新潮』に連載、その単行本を五二年一〇月、新潮社から刊行した。

す。相手を説得すれば自分が何かの利益を得ることができる。利益がない時には、わざわざ人を説得なんかしません、雄弁術の使い手は。

もし僕が、〈もののあはれ〉とはこうだということを摑《つか》んだとしようじゃないか。自分が「ああ、これに違いない、〈もののあはれ〉というのはこのことに違いない」という認識に至った時に、目の前の人を説得しようと思いますか。僕は、知ったという喜びに溢《あふ》れるだけだな。むろん、人から質問されれば、「こういうものだ」と答えはするだろう。その時、僕は雄弁になってもいいし、レトリックに頼ってもいいのだ。だけど全然、その動機は違うだろ？〈もののあはれ〉とはこういうものだと摑んだことだけで、その時の僕は充実しているはずです。

ソクラテスが非常に嫌ったのは、何かの利益のために人を説得しようというレトリックです。それは真理のためのものではないからですよ。真理というものを目指せば、相手なんて要らなくなる。自問自答していればいいのだ。そういう意味です。

学生Ａ　……。

小林　納得できなかったら、もっと詳しく聞いてくださいよ。

学生Ａ　……僕がお伺いしたいのは、つまり、対話というものがあって。

小林　ああ、対話。うん。

学生A　たとえば信じ合う人同士、あるいは愛し合う人同士、そういう人たちで心を開いて話し合う時に、〈もののあはれ〉というものが現れてくるのでしょうか。

小林　こんなふうに考えられるかな。たとえば君が〈もののあはれ〉とはどういうものだろうと考えるだろう？　それで君は、この人とならば話してもいいと思う人がもしいれば、心を打ち明けて、「二人で〈もののあはれ〉について論じ合おうじゃないか」ということはできるな。そして対話をするとして、君たちは二人とも〈もののあはれ〉とは何かと考えているだろ？　そこは二人で共通していて、〈もののあはれ〉を論じることで相手を説得しようとは思っていない。〈もののあはれ〉とは何かを知ることが目的だ。そのために二人は協力しているわけだ。〈もののあはれ〉というものを、二人で論ずることはできる。その過程で、君が相手を論難することもできる。相手が君を説得しようとすることもあるかもしれない。君たちの対話の形式は、いろんな形をとるだろう。だけど二人で協力して、〈もののあはれ〉という一つのトピカ、話題を詳しく吟味していこうというのが、君の目的だ。「そうだ、やっぱりそうだ、君。俺もそうだと思う」という真理まで達するのが目的だろう？

それならば、対話の中で二人とも己れを捨てて、〈もののあはれ〉とは何かという問題を話し合うということだ。そうした対話の場合、〈もののあはれ〉はなくなりはしない。やがて二人とも、〈もののあはれ〉というものをわかってきますよ。僕の言うことはわかった？　あまりよくわからないかな（会場笑）。

学生A　今の自分で理解できる限りのことは理解したと思います。どうもありがとうございました。

小林　はい、どういたしまして。

学生B　一つだけ、つまらないことですけれど、お伺いしたいと思います。それは〈リアリティ〉ということです。さまざまな文学作品とか、音楽とかいろいろ接してみまして、やっぱり現実の実感にはかなわないと言いますか、〈経験〉のほうが凄《すご》いな、強いなと私には思えます。

小林先生は初期のランボーやドストエフスキーを論じた頃から始まって、今の本居宣長までずっと評論をしてこられて、現実の実感に作品が負けてしまう問題については、どのように考えてこられたのでしょうか。結局、リアリティを出すために、小説を書くか、批評を書くか、詩を書くか、自分に合った形式を選ぶのだと思うのです。そしてリアリティが作品上に出れば、何らかの感動が人に伝わり、名作と呼ばれることになるのでしょうが……ちょっと口下手で申し訳ないのですが、芸術作品におけるリアリティの問題をどのようにお考えでしょうか。

小林　ちょっと質問の趣旨がよくわからないんですけれどね。あなたは音楽、好きですか。

学生B　はい。

小林　絵は？

学生B　絵はまだあまり見てきていません。

小林　では、主にどういう種類のものをお読みなの？

学生B　僕は、主に小林秀雄さんを（会場爆笑）。それからドストエフスキー。正確にはドストエフスキーを読んで、それから『ドストエフスキイの生活』を読んで、小林さんを知ったのですけど。基本的には濫読《らんどく》で、系統立てて読む方ではありません。

小林　あなた、今、経験ってものが一番凄いっておっしゃったね。

学生B　はい。

小林　つまり、それは経験の生々しさだな。経験の生々しさにリアリティを一番感じるけれども、〈創作〉というものはそれとどういう関係があるだろうかってことですか。

学生B　はい、そうです。たとえば僕自身が文学作品を読んだり音楽を聴いたりしても、自分自身の経験にはやっぱり及ばないというか、どうしてももどかしいところがある。それは作品の受け手としてですけれど、創作する立場から考えるとどうなるのか。リアリティを得るために、どんな創作の工夫をしているのか、知りたくなったのです。

小林　ナマの経験というのは、なるほど生々しいけれども、あまりにも生々しすぎるのではないですか。だから、創作というものがあるのでしょう。例えば和歌でも、ナマの感動というものを形にしなければならないものだ。歌というのは一つの形式です。創作というのはやはり、いつでも一つのフォーム、形式なんですよ。自分のナマの経験を、あるフォームに仕立てあげなければならない。それが創作の喜びなんです。そしてその創作の喜びというものは、けっして人のためではない。やっぱり自分で自分のナマの経験というものを整理したいという欲求があるのだな。

経験、経験と一口に言うが、自分が本当に何を経験したかなんて、実はよくわかっていないものなんだよ。本当の経験の味わい、経験のリアリティなどというのは、自分でもよくわからないんだ。何か強烈な経験をした時、直《じ》かに来る衝撃が強いでしょう？　その強い衝撃で、みんな我を忘れていますよ。その時、自分が本当に何を言ったか、何を感じたか、どう行動したか、どう変化したのか、どんな意味があるのか、本当に強烈な経験をした場合、なかなか知りえないものです。それこそ私の経験上、そう言えるな。すぐにわかるような経験というのは、あまり大した経験ではないね。

どんな経験でもいい。例えば恋愛経験でもいい、考えてごらんなさい。この女と死のうだなんて思った時の、自分が口走ったこととか、自分がとった行動なんてものは、僕らは忘れていますよ。あまりに生々しすぎるからね。そういう経験を自分に納得させるためには、一つのフォームが要るのです。そのフォームを作ることこそが創作だよ。

学生B　小林さんは自分の経験を表現するために評論というフォームを選ばれたということですか。それは、他の人が短歌で経験を詠《よ》むのとまったく一緒ということですか？

小林　そうです。僕の表現の形式が評論の形に定まったということは、一つの運命みたいなものだと思っています。こういう形に定まろうとは思っていませんでした。僕ははじめ小説でも書こうかなと思っていたからね。そうしたら、どうも小説を書くよりも、評論というフォームを取るようになっていった。自然にそうなったのです。これはいろんな原因があるでしょう。その原因をこうだと見極めることはできないけれども、そこには何か必然的なものがあったのでしょうな。

経験という言葉は西洋から来た言葉だけれども、誰も合理的な経験なんてしません。ナマの経験の意味というのは、各自みんな自覚しえないものなのです。みんな、自分の経験については支離滅裂なことしかわからないのだ。そこで創作という形式が必要になるんです。

学生C　先生は本居宣長の「怠らずやっていけばいい」という姿勢に励まされて、苦しい執筆を続けることができたとおっしゃいました。もう少し、どんなことが励ましになるのかお話し下さいませんか。僕も苦しいところにいるので、先生の言葉を励みに何とかやっていきたいと思いますので（会場笑）。

小林　宣長さんは、やっぱり理想を持っていたんだな。その理想のために怠らず、励もうと思ったわけです。で、あなたは何が聞きたいんですか。

学生C　僕は……。

小林　あなた、理想を持ってるの？

学生C　はい。

小林　どういう理想です？

学生C　僕は、死ぬまで生きていくわけです。きっと、生きていくのでしょう。そんな僕が、死ぬまでのあいだに、生まれてきて何がよかったのかということを摑みたいのです。

小林　それは空想かい？　理想かい？　大体、人間というのは空想と理想とを区別できないものです。特に、若いうちはね。

では、こういう話をしましょう。僕は、理想なんて抱いたことはありません。たいへん貧乏でしたからね。女を養うためもあって、大学の時から僕は自活していました。原稿を書いては、金にかえていた。もちろん僕の名前を出しての原稿なんか買ってくれるところはないから、匿名《とくめい》の埋め草原稿ばかりでした。僕はそれを売った金で女を養っていたんです。そんなことをしながら、学校に通ってはいたのですよ。学校なんか僕は信じていなかったが、母親が、僕にどうしても学校を出てほしいと思っているのがわかったから、母親のために学校を卒業したのです。

僕には理想などなかった。僕が原稿を売らなきゃ、二人は暮らしていけなかった。その頃の時代は、左翼が盛んなときでした。いっぱい左翼がいました。左翼はみんな金を持っていた。そして、どうして左翼のやつらがあんなに金を持っているのか、僕にはわからなかった。そして、左翼は空想していたな。日本を共産主義にしようという空想に燃えていた。だけど、彼らは生活には困らなかった。その金はどこから持ってきた？　みんな、親父《おやじ》から出してもらっていたでしょう。稼いでいる左翼のやつなんか一人もいなかったな。

僕には理想がなかった、それが君への答えだ。そんな生活をしているうちに、だんだんと僕の中から理想が育ってきたんだ。埋め草原稿を書いているうちに、もう少しうまく書こうと思うようになったんだ。そんなふうに僕はやってきた。だから、君みたいに、どうしたら自分を励ましてくれるだろうなんてことを僕に質問しちゃ困る。わかった？

学生C はい。どうもありがとうございました。

女子学生D 先生は「昔の人の心を知るのには、昔の心を持っていなければならない。今の人はみんな、現代の心を持って昔の心を見ているだけで、そこには想像力がまるで働いてない」という旨《むね》をおっしゃいました。では今の私たちが古人の心を知り、その心を持つためには、想像力だけで十分なのでしょうか。

小林 十分です。想像力という言葉を、よく考えてください。想像力、イマジネーションというのは、空想力、ファンタジーとはまるで違う。でたらめなことを空想するのが空想力だね。だが、想像力には、必ず理性というものがありますよ。想像力の中には理性も感情も直感もみんな働いている。そういう充実した心の動きを想像力というのだな。

今の人は想像力がダメだと言うのは、昔のものを読む場合、「万葉集」の歌なら歌は昔の人の心にならなければわからないでしょう？　しかし、昔の人の心になるのは何でもないことです。それは、人間は変わらないものだからです。人間は変わるところもあるけれど、変わらないところもあるからです。あなたに目が二つあることは変わらないでしょう。生物としての人間、種としての人間は、全然変わっていないでしょう。それと同じで、人間の精神もやっぱり変わっていませんよ。

現代は、物質的な進歩は確かにたいへんなもので、それに僕らはつい目を奪われるから、人間はどんどん変わっているように思ってしまう。これは、人間の精神を実は蔑《ないがし》ろにしていることです。人間の変わらないところ、変わらない精神を発見するのには、昔のものを虚心坦懐《きょしんたんかい》に読めばいいのです。「万葉集」を読めば、あの美しさは僕たちのどこかに響いてきますよ。何も教えられなくても、ただ読んでいるだけで、響いてくる力があります。なぜ響いてくるかと言えば、あの「万葉」の心ばえというものが僕たちの中に今も生きているからだ。僕たちの精神の構造が、僕たちの心が、彼らと違わないからですよ。想像力さえあれば、いつでも彼らの心に触れることができる。

女子学生D　自分の中の想像力を信じればいい……。

小林　ああ、そうですとも。とにかく想像力を磨くんです。想像力というものは、さっきも言ったように、空想とは違うのだ。その違いさえ知れば、君は存分に想像力を働かせればいい。想像力は磨くこともできるのです。想像力だってピンからキリまであるから、努力次第ですよ。精神だって、肉体と同じで、鍛えなければ駄目です。使っていないと、発達などしません。想像力も自分で意識して磨いていけばどんどん発達するものです。

学生E　物事を学ぶ姿勢について質問させて下さい。信じることと疑うことと問うこと、この三つが重要だと僕は思ってきました。一生懸命信じようとしたり、いやそれだけではいけない、疑うことも必要だと考えたりしております。〈学ぶ〉には何が最も大切なのでしょうか。

小林　これも大きな問題だなあ。そういうふうに抽象的な質問をなさるが、君はもういろんなことを信じていますよ。君、自動車に乗るでしょう？　その時、君は運転手を信じているじゃないか。そうだろ？「信じているだけではおかしいんじゃないか。どうして俺はこの運転手を信じているのかな」なんて疑うことある？

学生E　いいえ、ありません。

小林　ほら、そんなところから始めたまえ。三つのうちのどこから始めたらいいかなどという、そんな抽象的な質問には僕は答えない。そういう抽象的なことではなくて、君が本当は信じているのに、信じていることを知らないことがたくさんあるのではないかな。自分の目の前のことをよく調べなさい。

学生E　はい。

小林　疑う、ということも同じです。本当に自分は疑っているのかなと、まず疑ってごらん。君はちっとも疑っていないかもしれない。そういう身近な、日常生活のことから考えてみたまえよ。そうすると、信ずるとはどういうことか、疑うとはどういうことか、だんだんと自分の経験によってわかってくるようになります。今の君のように、抽象的に質問してはいけないな。質問というのは難しいものだね。問うということは、難しい。

学生F　現在、〈科学〉という言葉が、社会科学と言ってみたり、誤った使われ方といいますか、非常に難しく使われているように思います。この科学についての、先生のお考えをお話しいただければありがたいです。

小林　これはきりがありませんが、話してみますとね……昨日も経済学をやってらっしゃる木内信胤《きうちのぶたね》さんとお酒を飲んでいて、その話になったのです。今はみんな、科学の中でも、物理学を科学の一番理想的な形と思っています。確かに理想的な形だ、物理学は。しかしこれが本当に理想的な形になったのは、この二十世紀になってから、アインシュタインが現れてからです。アインシュタインが現れて、まるでピタゴラスが昔考えたように、宇宙が〈数《すう》〉になった。専門的なことは面倒だし、僕は存じませんけどね、数になったことは確かですね。

この宇宙は四次元連続体というんでしょう？　昔は三次元と時間とで説明されていたのです。上下と左右と奥行きと、次元が三つある。そこにもう一つ別の次元で時間があった。ニュートンの時代の物理学はそうでした。これが今はみんな一緒になって、四次元というものになった。四次元になると、これは絶対に何でも計算ができてしまう。すべて数学になってしまうのですよ。要するに、時間というものは一つの虚数です。単位は光速です。光の速度によって、ああいう虚数を持ってきて、Xの4という計算をしていると四つの次元が合体する。時間も空間もなくなるわけです。虚数を持ってくると計算が可能なのです。だけど、それは方程式を満足させるための虚数だろ？　今の物理学は、そういう極めて純粋な数学の姿をとるようになっている。

ところが経済学などというものは、物理学のように純粋な形態をとってないでしょう？　やっぱり経済というものには、人間のいろいろな取引、欲望だとかさまざまな心理的要素が入ってくる。社会学も、もちろんそうだ。ところが、現代の経済学者あるいは社会学者は、純粋なる数学をあまりにお手本にし過ぎるんですよ。みんな、そこへ持って行きたいのだ。だから、いろいろな誤りができてくるわけです。やはり経済学や社会学、あるいは文学や美学は、物理学がどうなろうと、それぞれ独特の世界を持っているという当り前のことを知らなくてはならない。それぞれの個性に準じて、科学精神を用いればいいわけです。

宣長さんにも、天文学があります。このあいだ亡《な》くなった京都の荒木俊馬《としま》さんは世界的な天文学者、物理学者で、コペルニクスの全集をポーランドで出して、ポーランドから勲章をもらった方です。その人に宣長の天文学の研究がありますが、宣長は天文学すら、科学ではないと言ったのですね。あれは人文である、と言っている。というのは、天文学と言っても、羊を飼って暮らす人の天文学と、稲作をしている人の天文学とは違う。しかしいずれにしても、天文学は人間の生活を中心として、月を測り、星を測っているのだから、純粋の科学ではない、半分は人文である。宣長はそう論じている。

そういうふうに諸君、考えればいい。あんまり科学というものを理想的な形だと見て、科学で何もかもうまくいくと思ってはいけないのです。いつでも人間というこの厄介なものが科学にぶら下がっている、それを忘れてはいけない。人間が科学にどういうところまでぶら下がっているか、そこをはっきり知って、あとは理性を働かせればいいのです。そのためには、さきほども言った、イマジネーションというものがやはり非常に重要になってくるな。それでいいですか。

学生F ありがとうございました。

学生G 先生はよく、自問自答ということをおっしゃいます。私は自分でいろいろ考えていくうちに、それが自分勝手な考えに陥っていないかと不安になることがあります。身勝手な考えか否《いな》かというのは、どのようなところで見極めていけばよろしいでしょうか。

小林 それは君、君の疑う心だよ。問うということが大事だとさっき言ったでしょう？ 問うことは、要するに疑うことです。まず疑わなければ問えないからね。その疑う力を養わなければ駄目です。いろんな自問自答があります。自問自答しているからというので、人とちっとも会わないで、自問自答を繰り返しているうちに空想にだんだんと陥る人もいます。

だけど、君が本当に親しい友達、心を開いて語れる友達が実際にいる場合は、そういうところに陥ることはない。現実に語る相手がいる場合は、君は空想に陥ることはないだろう。二人で協力するし、向こうの知恵もありますからね。向こうが質問する場合もあるだろう。君から向こうに質問する場合もあるだろう。お互いに協力して知恵を進めることができる。自分一人だけで自問自答していると、つい空想に走りやすい。それが現実だよね。

だから最初に言ったように、ディアレクティークというもの、つまり対話というものが純粋な形をとった時、それは理想的な自問自答でありえるのです。ソクラテスは深くものを考えていく時、仲のいい友達とディアレクティークをしながら、自問自答を煮詰めていったのだな。ソクラテスは、そこに理想的な自問自答の形を見たのです。

その理想的な形と、君の現実の自問自答とは違うよ。君は現実に自問自答したって、身勝手な空想に走ってしまうかもしれない。それは君の現実だ。現実の君の自問自答だよ。ただ、それとソクラテスの言う純粋なる形の自問自答とは違うということだ。自問自答して決して誤らない人もいるが、そこまでになるのは難しいな。その二つを混同しては駄目だ。

女子学生H　先生のお仕事は非常に多岐にわたっておられて、初期はフランス文学、そののち近代文学の評論とか音楽や美術などについて書かれ、そして最近は本居宣長という古典のご研究をされたわけですが、そのお仕事の中にはやはり一貫して流れているものがあるのだと思います。先生が、こう言っては失礼かもしれませんが、人生の秋を迎えられた時、宣長という人間に出会わざるをえなかった、宣長という人物の研究をせざるをえなかった、その由縁、いきさつをお伺いしたいのです。

小林 これは非常に簡単なことでしてね、自分の一生というものを振り返ってみますと、僕は計画が立たない男です。計画を立てて何かをしたということは、まずないんですよ。その場その場に解決していったものの積み重なりが、いつの間にか宣長さんにまで向いていったのです。

僕の仕事は、何か一つの感動とか、ある直覚とか、そんなものがいつでも先にあるのです。はじめに、漠然としたものかもしれないけれども、明瞭《めいりょう》な感動があるんです。そういう感動に次、次、次とこう連なって出会ってきた。これは計画ではないですね。僕はついに計画が立たなかったな。

女子学生H その計画のなさというなかにも、振り返ってみられて、一筋通っている道というものを先生は意識されておられませんか。

小林 行き当たりばったり、というのが人生というものではないのかな。僕はそんなふうに思うんです。ただ、計画的な学問というのはありますよ。学問を究めるためには一生、ある道を計画的に進んでいく例はたくさんありますが、僕みたいな生き方のほうが普通なんじゃないですかね。どうもそんなふうに思えます。

どうしてこんなふうに生きてきたのか振り返った時に、自分がこうなった原因がどこかにあったような気がするだけではないのですかね。よく僕は、お前のやってきたことを書けと言われるのですが、困ってしまうのです。無計画にやってきて、その結果こんなふうになっただけだから、うまく書けないんですね。

だから、どうして宣長までたどり着いたか、確かなことは言えません。ただ、感動から始めたということだけは間違いない。感動というのは、いつでも統一されているものです。分裂した感動なんてありません。感動する時には、世界はなくなるものです。感動した時には、どんな莫迦《ばか》でも、いつも自分自身になるのです。

これは天与の知恵だね。人間というのは、そういう生まれつきのものなのだな。感動しなければ、人間はいつでも分裂しています。だけど、感動している時には、世界はなくなって、自分自身と一つになれる。自分自身になるというのは、完全なものです。莫迦は莫迦なりに、利口は利口なりに、その人なりに完全なものになるのです。つまり、感動している正体こそが個性ということですよ。

僕の書くものはいつでも感動から始めました。だから、書いたものの中に自然と僕というものは出ているのでしょう。僕は感動を書こうとしたのであって、自分を語ろうとしたのではない。ただ感動がどこかからやってきたのです。ですから、あなたのご質問のように、なぜこういうふうになったかという筋道を辿《たど》ることはできないのだね。

女子学生H 読む側としては、先生の作品一つ一つを丁寧に読んでいけば、そこに先生のご一生がある、ご生涯を辿ることができると思いながら読むことにします。

小林 いや、そうお褒めに与《あず》かっちゃあ、恐縮しちゃいますがね（会場笑）。

学生I 現在、先生の新しい全集（注／『新訂小林秀雄全集』全十三巻別巻二。この年五月から刊行中だった）が毎月刊行されておりまして、私も楽しみながら読ませていただいておりますが、確かポール・ヴァレリーに関する文章だと思いましたけども、正確な言葉はちょっと思い出せないのですが、〈理解するのは易しい、ただし、これを血肉化するのは難しい〉という一節がありました。先ほど先生がおっしゃられた、イマジネーションを働かせて物事がわかるということと、それを自らの血肉とすることとのあいだには、まだ少し距離がある気がするのですが。

小林 イマジネーションは、いつでも血肉と関係がありますよ。イマジネーションというのは頭全体を働かせることですね。頭や精神というのは、常に肉体と直接に触れ合うものです。

僕も経験してきたことだが、イマジネーションが激しく、深く働くようになってくると、嬉《うれ》しくもなるし、顔色にも出ますし、体もどこか変化してきます。本当のイマジネーションというものは、すでに血肉化された精神のことではないですかね。〈イマージュ〉って、〈姿〉のことですよね。イマジナシオン、イマジネーションって〈姿を作る〉ことです。何かの姿を作り上げる時、それは必ず血肉化していますよ。

芸術家をイマジネーションの鋭い人だと呼ぶのは、芸術というものがいつでも体と関係しているからです。芸術が文字通り、芸であって術でもあることは、けっして精神だけのものではない、ということですよ。そこには肉体の干渉が常にあるのだな。イマジネーションとはそういうふうに、すでに血肉化された精神だと解していいのではないですか。

学生J　僕は本居宣長の『直毘霊《なおびのみたま》』を読みまして、宣長が古代の人とまったく同じ心で神を信じきっているというのがなかなか理解できず、非常に遠い人に思えて苦しかったのですが、『古事記伝』を読んで、ようやく宣長という人が本当に古人の心を自分の中にきちんと蘇《よみがえ》らせることができる人だとわかりました。僕たちは『古事記』の世界の人たちのように神を信ずるとか、それからあの戦争で亡くなっていかれた人たちの心に思い当たるということが非常に難しいと思えていたのですが、しかし、なんとか思い当たることができたらと願っています。そのためには、どのようなことに一番心して勉強していったらよいか、先生にお聞きしたいと思います。

小林 ずいぶん漠然とした質問だなあ。それは学問の方法でしょ？ 君に一番いい方法なんて、僕にはわかりませんよ。まあそこまで言うなら、宣長さんの本をもっとよくお読みになるといいな。それが一番いいのではないですかな。

学生K 先生は〈歌をわかるためには何回も読んでみて、歌詠みの顔が現れてくるまで読まなくては、なかなかわかるものではない〉とおっしゃいましたが、僕が歌を読む時、自分の身近なことやわずかな経験を通すことでしか理解できていないなと感じています。古代の歌にしろ現代の歌にしろ、詠んだ人の心をわかろうとして読むのですが、そういう自分の身近な見聞や感情に照らし合わせることでしか理解ができず、本当の意味や心に到達していないなと思うのです。そういう読み方でもいいのでしょうか。

小林 あなたが今いくら読んだって、あなたの今のレベルしかわからないよね。あなたのわかるだけのことしかわからないけれども、あなたが将来七十歳になって同じ歌を読んだら、きっと面白いでしょう。今のあなたがわからなくても、経験を重ねて別のあなたになったらわかるかもしれない。五十になるとわかるかもしれない。七十になれば、また違うことを感じるかもしれない。

昔の人の心ばえを知るということでも、今は知ることができないかもしれない。あなたが経験を積み重ねて、もっと年を取るとわかるかもしれません。それが古典なのです。古典が長生きするというのはそういうことです。子どもだけが読んでいるのではない。人生がおしまいになろうとして、初めてわかる歌があります。そういうものです。

古典を読むというのは、その場その場の取引です。だから、二度も三度も読めるのです。古典が生きているということは、君が生きているということなのです。ちっとも違いはありません。古典は、どんな君にも応じるんですよ。青年の君にも、壮年の君にも、「万葉集」は応じます。

学生K　どうもありがとうございました。

司会　それでは時間が来ましたので、これで終わりたいと思います。先生、暑いさなかに遠方までお越しいただき、長時間にわたって貴重なお話を伺うことができまして、参加者一同これに勝る喜びはございません。どうもありがとうございました。

一同　ありがとうございました。

小林　はい、どうも。

（昭和五十三年八月六日　於・熊本県阿蘇）

「信ずることと知ること」は、昭和四十九年八月に「信ずることと考えること」の題下に講義された後、翌年、改題されて国民文化研究会発行の「日本への回帰」第10集に掲載された（本書三三頁《ページ》から収載のもの）。小林秀雄はその後も思索を重ね、五十一年三月に東京で講演を行い、「諸君！」同年七月号に改訂稿を発表、これを決定稿とした（文春文庫『考えるヒント3』所収）。同じテーマが、講義をし、学生と対話し、講義録を作り、さらに時間を経て講演をし、改稿されることで、作品にどれほどの深まりと表現上の工夫が齎《もたら》されたか味読いただきたい。

信ずることと知ること

信ずることと知ること

この間テレビで、ユリ・ゲラーという人が念力の実験というのをやりまして、大騒ぎになったことがありましたね。私の友達の今日出海《こんひでみ》君のお父さんは、もうとうに亡《な》くなったが、心霊学の研究家だった。インドの有名な神秘家、クルシナムルテという人の会の日本でただ一人の会員でした。私はああいう問題には学生の頃から親しかったと言ってもいい。念力というような超自然的現象を頭から否定する考えは、私にはありませんでした。今度のユリ・ゲラーの実験にしても、これを扱う新聞や雑誌を見ていますと、事実を事実として受けとる素直な心が、何と少いか、そちらの方が、むしろ私を驚かす。テレビでああいう事を見せられると、これに対し嘲笑《ちょうしょう》的態度をとるか、スポーツでも見て面白がるのと同じ態度をとるか、どちらかだ。念力というようなものに対して、どういう態度をとるのがいいかという問題を考える人は、恐らく極めて少いのではないかと思う。今日の知識人達にとって、己れの頭脳によって、と言うのは、現代の通念に従ってだが、理解出来ない声は、みんな調子が外れているのです。その点で、彼等は根柢《こんてい》的な反省を欠いている、と言っていいでしょう。

その時分、私が丁度大学に入った頃、ベルグソンの念力に関する文章を読んで心を動かされた事があります。その文章は、一九一三年にベルグソンがロンドンの心霊学協会に呼ばれて行なった講演なのです（「生きている人の幻と心霊研究」）。その大体のところは、今でもよく覚えていますので、お話ししようと思います。

ベルグソンが或《あ》る大きな会議に出席していた時、たまたま話が精神感応の問題に及んだ。或るフランスの名高い医者も出席していたが、一婦人がこの医者に向ってこういう話をした。この前の戦争の時、夫が遠い戦場で戦死した。私はその時、パリにいたが、丁度その時刻に夫が塹壕《ざんごう》で斃《たお》れたところを夢に見た。それをとりまいている数人の兵士の顔まで見た。後でよく調べてみると、丁度その時刻に、夫は夫人が見た通りの恰好《かっこう》で、周りを数人の同僚の兵士に取りかこまれて、死んだ事が解《わか》った。この問題に関するベルグソンの根本の考えは実に簡明なのです。

この光景を夫人が頭の中に勝手に描き出したものと考えることは大変むずかしい。と言うよりそれは殆《ほとん》ど不可能な仮説だ。どんな沢山の人の顔を描いた経験を持つ画家も、見た事もないたった一人の人の顔を、想像裡《り》に描き出す事は出来ない。見知らぬ兵士の顔を夢で見た夫人は、この画家と同じ状況にあったでしょう。それなら、そういう夢を見たとは、たしかに精神感応と呼んでもいいような、未《いま》だはっきりとは知られない力によって、直接見たに違いない。そう仮定してみる方が、よほど自然だし、理にかなっている、と言う考えなのです。

ところが、その話を聞いて、医者はこう答えたという。私はお話を信ずる。貴方《あなた》は立派な人格の持主で、嘘《うそ》など決して言わない人だと信じます。しかし、困ったことが一つある。昔から身内の者が死んだ時、死んだ知らせを受取ったという人は非常に多い。けれども、その死の知らせが間違っていたという経験をした人も亦《また》非常に多い。つまり沢山の正しくない幻もあるわけです。どうして正しくない幻の方をほっておいて、正しい幻の方だけに気を取られるのか。たまたま偶然に当った方だけを、どうして取り上げなければならないか、とこう答えたというのです。会議後、同席していたもう一人の若い女性がベルグソンに向って、「先きほど、あの先生のおっしゃったことは、私にはどうしても間違っていると思われます。先生のおっしゃることは、論理的には非常に正しいけれど、何か間違っていると思います」と言ったというのです。これを聞いたベルグソンは、私はその娘さんの方が正しいと思った、と書いている。

これはどういうことか。ベルグソンはその講演で、こういう説明をしています。──

流の学者ほど、と言ってもいいが、学者は自分の厳格な学問の方法を固く信じているから、知らず識《し》らずのうちに、その方法の中に這入《はい》って、その方法のとりこになって了《しま》うという事がある。だから、いろいろな現象の具体性というものに目をつぶってしまうものだ。今の場合でも、その医者は夫人の見た夢の話を、自分の好きなように変えてしまう。その話は正しいか正しくないか、つまり夫人が夢を見た時、確かに夫は死んだか、それとも、夫は生きていたかという問題に変えてしまうと言うのです。しかし、その夫人はそういう問題を話したのではなく、自分の経験を話したのです。夢は余りにもなまなましい光景であったから、それをそのまま人に語ったのです。それは、その夫人にとって、まさしく経験した事実の叙述なのです。そこで結論はどうかというと、夫人の経験の具体性をあるがままに受取らないで、これを、果して夫は死んだか、死ななかったかという抽象的問題に置きかえて了う、そこに根本的な間違いが行なわれていると言うのです。

なるほど科学は経験というものを尊重している。しかし経験科学と言う場合の経験というものは、科学者の経験であって、私達の経験ではない。日常尋常な経験が科学的経験に置きかえられたのは、この三百年来のことなので、いろいろな可能な方向に伸ばすことができる、私達が、生活の上で行なっている広大な経験の領域を、合理的経験だけに絞った。観察や実験の方法をとり上げ、これを計量というただ一つの点に集中させた、そういう狭い道を一と筋に行ったがために、近代科学は非常な発達を実現出来た。近代科学はどの部門でも、つまるところ、その理想として数学を目指している。

人の心の定めなさは誰も感じている。人間精神の動きの微妙さは計量計算には到底ゆだねられない。そこに精神的なものの本質があると言っても、常識にそむくまい。そこで近代科学の最初の動きは精神現象を、これと同等で、計量出来る現象に置きかえられないかという探究だったのです。十七世紀以来、脳の動きが心の動きと同等であるかのように研究は進められて来た。脳の本性は知られていないとしても、それは力学上の事実に分解出来る事は確かですから、精神科学は脳の事実に執着すればよかったのです。

常識は、脳と意識に密接な関係がある事を否定してはいない。しかし心身は厳密に並行しているなどとは考えていない。脳の分子や原子の運動によって表現したところを、意識の言葉によって繰返す、そんな贅沢《ぜいたく》を自然はしたろうか。無用な機能は消えて了うのが自然の傾向である。くり返しに過ぎぬ意識など、たとえ生れたとしても、宇宙から消えていた筈《はず》でしょう。私達の行動にしても、習慣によって機械的なものになれば、無意識になることを、誰でも知っています。ベルグソンは、常識に従った。常識の感じているところへ、決定的な光を当ててみる事は出来ないかと考えたのです。そして失語症の研究に這入って行った。脳の中に、判断や推理の働きの跡があると考える理由などないが、失語症という言葉の記憶の病気は、脳の或る局所の傷害に対応しているのです。彼は失語症の研究を長い間した後、心身並行の仮説は成立しないという結論を得た。脳髄の、記憶が宿っていると仮定されているところが損傷されると、人間は、記憶が傷つけられるのではなくて、記憶を思い出そうとするメカニズム、記憶を感知する装置が傷つけられるのです。そのため人間は記憶を失うので、記憶自体は少しも傷つけられてはいない。もし並行しているならば、そういう局所に損傷を受ければ、記憶そのものがなくなってしまうわけです。しかし、記憶自体はなくならない。ただそれを呼び起すメカニズムが損傷されるから、記憶がまるでなくなってしまうような状態になる。

ベルグソンのたとえで言いますと、脳は精神というオーケストラを指揮している指揮棒だが、指揮棒は見えるが音は決して聞えないという風になっている。僕等の脳髄はパントマイムの器官なのです。パントマイムの舞台で、俳優がいろいろな仕草をするのを、僕等は見ることができる。脳髄の運動はそういう仕草をしている。けれども台詞《せりふ》は決して聞えない。この台詞が記憶なのです。精神なのです。だから脳髄は精神の機能ではない。脳髄は、人間の精神をこの現実の世界に向けさせる指揮をとる装置なのだ。だから彼は、人間の脳髄は現実生活に対する注意の器官であると言う。注意の器官だが、意識の器官ではないのです。意識を、この現実の生活につなぎとめる作用をしているのです。私達はみな、忘れると不平そうに言いますが、人間にとって忘れる事はむずかしい、生きる為《ため》に忘れようと努力しているというのが真相なのだ。例えば溺《おぼ》れて死ぬ男が、死ぬ前に自分の一生を一度に思い出すとか、山から顚落《てんらく》する男が、その瞬間に自分の子供の時からの歴史をぱっと見るとかいう話は、よく知られている事実です。記憶が一時によみがえる。何故《なぜ》そうなるかというと、その時、その人間は、この現世、現実生活というものに対する注意力を失う、この現実に対して全く無関心になるからなのです。人間は脳髄というものを持っているお蔭《かげ》で、いつも生活に必要な記憶だけを思い出すようになっている。脳髄はいつでも、僕等に現実の生活をするのに便利な記憶だけを選んで、思い出させるようにしている。その注意の器官たる脳髄の作用が、異常な状態の裡《うち》で衰弱すると、全記憶はぱっと出て来る、そういう事も無理なく考えられる。だから諸君はいつでも、諸君の全歴史をみんな持っているわけだが、有効に生活する為には、そのような具合に全記憶が顔を出されては困るから、それは無意識の世界に追いやられる。諸君の意識は、諸君がこの世の中にうまく行動するための意識なのであって、精神というものは、いつでも僕等の意識を越えているのです。その事を、はっきりと考えるなら、霊魂不滅の信仰も、とうの昔に滅んだ迷信と片附けるわけにもいかなくなるだろう。もしも、脳髄と人間の精神が並行していないなら、僕の脳髄が解体したって、僕の精神はそのままでいるかも知れない。人間が死ねば魂もなくなると考える、そのたった一つの根拠は、肉体が滅びるという事実にしかない。それなら、これは充分な根拠にはならない筈でしょう。私がこうして話しているのは、極く普通な意味で理性的に話しているのですし、ベルグソンにしても、理性を傾けて説いているのです。けれども、これは科学的理性ではない。僕等の持って生れた理性です。科学は、この持って生れた理性というものに加工をほどこし、科学的方法とする。計量できる能力と、間違いなく働く智慧《ちえ》とは違いましょう。学問の種類は非常に多い。近代科学だけが学問ではない。その狭隘《きょうあい》な方法だけでは、どうにもならぬ学問もある。

ベルグソンが記憶の研究に這入っていった頃、心理学の方でも、意識心理学から無意識心理学への転換が行なわれる機運が来ていた。これはどういう事だったかというと、一と口で言えば、唯物論《ゆいぶつろん》の上に立った自然科学の方法だけを頼んで人間の心を扱う道は、どうしてもうまく行かなくなったという事です。心はそれ自体で存在するものではなく、私達の感官によって確かに知る事が出来る物的現象の現れである。そう考えるのが、心に関する空論を一切排して、心を研究する唯一《ゆいいつ》の道である、とする心理学者の自負が崩れて来たという事なのだ。心は物的現象の現れだというが、そういう心理学者のうち、一人として、何故、物が意識となって現れるのか知っているものはない。それが不問に附されているなら、其処《そこ》には現れという言葉しかないという事になる。そういう反省が始まったと言ってもよいのです。大昔の人達は、誰も肉体には依存しない魂の実在を信じていた。これは仮説を立てて信ずるという点で、近代心理学者達と同格であり、何も彼等の考えを軽《かろ》んずる理由はない。精神より物質を優位に据える仮説では、いろいろ不都合が生ずる事になるなら、精神は、無意識と呼んでいい、近附き難い、謎《なぞ》めいた精神的原理の上に立つと考え直してみるのもいい事だ、新しい道が拓《ひら》けるかも知れない、という事になったのです。

＊

この間、こちらへ来る前に柳田國男さんの「故郷七十年」という本を読みました。前から聞いていたのですが、まだ読んでいなかった。この「故郷七十年」という本は、この碩学《せきがく》が八十三の時の口述を筆記したもので、「神戸新聞」に連載された。昭和三十三年の事です。その中にこういう話があった。柳田さんの十四の時の思い出が書いてあるのです。その頃、柳田さんは茨城県の布川《ふかわ》という町の、長兄の松岡鼎《かなえ》さんの家にたった一人で預けられていた。その家の隣に小川という旧家があって、非常に沢山の蔵書があったが、身体《からだ》を悪くして学校にも行けずにいた柳田さんは、毎日そこへ行って本ばかり読んでいた。

その旧家の奥に土蔵があって、その前に二十坪ばかりの庭がある。そこに二三本樹《き》が生えていて、石で作った小さな祠《ほこら》があった。その祠は何だと聞いたら、死んだおばあさんを祀《まつ》ってあるという。柳田さんは、子供心にその祠の中が見たくて仕様がなかった。ある日、思い切って石の扉を開けてみた。そうすると、丁度握り拳《こぶし》くらいの大きさの蠟石《ろうせき》が、ことんとそこに納まっていた。実に美しい珠《たま》を見た、とその時、不思議な、実に奇妙な感じに襲われたというのです。それで、そこにしゃがんでしまって、ふっと空を見上げた。実によく晴れた春の空で、真っ青な空に数十の星がきらめくのが見えたと言う。その頃、自分は十四でも非常にませていたから、いろんな本を読んで、天文学も少しは知っていた。昼間星が見える筈がないとも考えたし、今ごろ見える星は自分等の知った星ではないのだから、別にさがしまわる必要もないとさえ考えた。けれども、その奇妙な昂奮《こうふん》はどうしてもとれない。その時鵯《ひよどり》が高空で、ぴいッと鳴いた。その鵯の声を聞いた時に、はっと我れに帰った。そこで柳田さんはこう言っているのです。もしも、鵯が鳴かなかったら、私は発狂していただろうと思う、と。私はそれを読んだ時、感動しました。柳田さんという人が分ったという風に感じました。鵯が鳴かなかったら発狂したであろうというような、そういう柳田さんの感受性が、その学問のうちで大きな役割を果しているを感じたのです。柳田さんには沢山の弟子があり、その学問の実証的方法は受継いだであろうが、このような柳田さんが持って生れた感受性を受継ぐわけには参らなかったであろう。それなら、柳田さんの学問には、柳田さんの死とともに死ななければならぬものがあったに違いない。そういう事を、私はしかと感じ取ったのです。

柳田さんは、後から聞いた話だと言って、おばあさんは中風《ちゅうぶ》になって寝ていて、いつもその蠟石を撫《な》でまわしていたが、お孫さんが、おばあさんを祀るのなら、この珠が一番よろしかろうと考えて、祠に入れてお祀りしたと書いている。少年が、その珠を見て怪しい気持ちになったのは、真昼の春の空に星のかがやくのを見たように、珠に宿ったおばあさんの魂を見たからでしょう。柳田さん自身それを少しも疑ってはいない。疑っていて、こんな話を、「ある神秘な暗示」と題して書ける筈がないのです。

尤《もっと》も、自分には痛切な経験であったが、こんな出来事を語るのは、照れ臭かったに違いない。だから、布川時代の思い出は、「馬鹿々々《ばかばか》しいということさえかまわなければいくらでもある」と断って、この出来事を語っている。こういう言い方には、馬鹿々々しいからと言って、嘘だと言って片附けられない、という含みがあります。自分は、子供の時に、一《ひ》と際違《きわちが》った境遇に置かれていたのがいけなかったのであろう、幸いにして、其後《その》、実際生活の上で苦労をしなければならなくなったので、すっかり布川で経験した異常心理から救われる事が出来た、布川の二年間は危かった、と語っている。

柳田さんの淡々たる物の言い方は、言ってみれば、生活の苦労なんて、誰だってやっている、特に、これを尊重する事はない、当り前の事だ。おばあさんの魂の存在も、特にこれをとり上げて論ずるまでもない、当り前のことだ、そう言われているように思われ、私には大変面白く感じられた。ここには、自分が確かに経験したことは、まさに確かに経験した事だという、経験を尊重するしっかりした態度が現れている。自分の経験した異常な直観が悟性的判断を越えているからと言って、この経験を軽んずる理由にはならぬという態度です。例えば、諸君は、死んだおばあさんを、なつかしく思い出すことがあるでしょう。その時、諸君の心に、おばあさんの魂は何処《どこ》からか、諸君のところにやって来るではないか。これは昔の人がしかと体験していた事です。それは生活の苦労と同じくらい彼等には平凡なことで、又同じように、真実なことだった。それが信じられなければ、柳田さんの学問はなかったというところが大事なのです。

柳田さんの話になったので、もう一つお話ししましょう。柳田さんに「山の人生」という本があります。山の中に生活する人の、いろいろな不思議な経験を書いている。その冒頭に、或る囚人の話が書かれている。それを読んでみます。

「今では記憶して居る者が、私の外《ほか》には一人もあるまい。三十年あまり前、世間のひどく不景気であった年に、西美濃の山の中で炭を焼く五十ばかりの男が、子供を二人まで、鉞《まさかり》で斫《き》り殺したことがあった。

女房はとくに死んで、あとには十三になる男の子が一人あった。そこへどうした事情であったか、同じ歳《とし》くらいの小娘を貰《もら》って来て、山の炭焼小屋で一緒に育てて居た。其子たちの名前はもう私も忘れてしまった。何としても炭は売れず、何度里へ降りても、いつも一合の米も手に入らなかった。最後の日にも空手で戻って来て、飢えきって居る小さい者の顔を見るのがつらさに、すっと小屋の奥へ入って昼寝をしてしまった。

眼がさめて見ると、小屋の口一ぱいに夕日がさして居た。秋の末の事であったと謂《い》う。二人の子供がその日当りの処《ところ》にしゃがんで、頻《しき》りに何かして居るので、傍へ行って見たら一生懸命に仕事に使う大きな斧《おの》を磨《みが》いて居た。阿爺《おとう》、此《これ》でわしたちを殺して呉《く》れと謂ったそうである。そうして入口の材木を枕《まくら》にして、二人ながら仰向《あおむ》けに寝たそうである。それを見るとくらくらとして、前後の考も無く二人の首を打落してしまった。それで自分は死ぬことが出来なくて、やがて捕えられて牢《ろう》に入れられた」

「山の人生」は大正十四年に書かれているが、その当時の思い出が「故郷七十年」の中でも語られている。明治三十五年から十余年間、柳田さんは法制局参事官の職にあって、囚人の特赦に関する事務を扱っていたが、この炭焼きの話は、扱った犯罪資料から得たもので、これほど心を動かされたものはなかったと言っている。「山に埋もれたる人生」を語ろうとして、計らずも、この話、彼に言わせれば、「偉大なる人間苦の記録」が思い出されたというわけだったのです。

柳田さんは、田山花袋《かたい》と親しくしていたが、花袋が小説のタネを欲しがっていたので、これを話した事がある。すると花袋は、「そんなことは滅多にない話で、余り奇抜すぎるし、事実が深刻なので、文学とか小説とかに出来ないといって、聞き流してしまった」と書いている。これは注意すべき言葉です。そして、田山の小説の如《ごと》きは、こういう話の内容に比べれば、「まるで高《たか》の知れたものである」と言っている。柳田さんは田山花袋を決して軽蔑《けいべつ》などしていなかった。それは花袋が亡くなった時に書かれた「花袋君の作と生き方」という情理を尽した名文を読めばよくわかるので、人間を制約する時代の力も強かったが、この真面目《まじめ》すぎた好人物が、後生大事に小説を書いているうちに、結局は己れが築城した自然主義の山頂に、あまりにも個人的な生活の告白のうちに、立て籠《こも》って了ったのは残念な事だと言っている。

花袋の作では、柳田さんは、「重右衛門《じゅうえもん》の最後」しか認めていなかった。自分を驚かせた彼の作は、この後にも前にもなかったと言っている。そういう断言の仕方には「偉大なる人間苦の記録」という柳田さんの言葉を、何となく想《おも》わせるものがありま す。周知の如く、花袋は明治四十年に、「蒲団《ふとん》」を発表して大変な評判をとる。柳田さんは、花袋を有名にした作品については、世評に雷同した事はない。むしろ内心の不満を隠すのに骨を折った。殊《こと》に「蒲団」に至っては、末にはその批評を読むのさえいやであったと言っている。言うまでもなく、ここでの問題は、花袋評ではなく、隠すのに骨を折ったという柳田さんの内心の不満なのだが、柳田さんにしてみても、不満は感じていたが、その性質を見極めていたとは言えまい。しかし、明治四十年といえば、やはり「山に埋もれたる人生」を語った、あの「遠野物語」が、もう直《す》ぐ現れる頃だ。柳田さんの学問の端緒は摑《つか》まれていた筈であり、それが、直輸入の新しい自然主義文学運動とは全く逆に、忘れられたわが国の古伝説に向って行く。そのはっきりした意識は、「遠野物語」の序文に現れています。「思ふに遠野郷には此類《このたぐひ》の物語猶《なほ》数百件あるならん。我々はより多くを聞かんことを切望す。国内の山村にして遠野より更に物深き所には又無数の山神山人の伝説あるべし。願はくは之《これ》を語りて平地人を戦慄《せんりつ》せしめよ。此書の如きは陳勝呉広《ごくわう》のみ」と。これはなかなか烈《はげ》しい言い方です。

なるほど、炭焼きの話は実話であって、伝説ではない。だが、この実話には、伝説を軽んずる人々には近附く事が出来ない含みがある。或《ある》いはこうも言えよう。この事実には、先きにも言ったが、事実は小説より奇なりと言って、好んで、素材を事実に求めたがっている自然主義作家のような不徹底な態度で事実というものに臨んでも、全く歯の立たぬ性質がある。九百年前の「今昔《こんじゃく》物語」の著者が、当時に在って、既に「今は昔」と言って語らねばならなかったのに比べれば、自分がこれから語ろうとする伝説は、すべてこれ、「目前の出来事」であり、「現在の事実」だ、と「遠野物語」の著者は言うのである。これは、自分の語らんとする話は、どれも皆、わが国の山村生活のうちで、現に語られ、信じられ、生きられているという意味でしょう。

「斯《か》る話を聞き斯る処を見て来て後之《これ》を人に語りたがらざる者果してありや。其様な沈黙にして且《か》つ慎み深き人は少なくも自分の友人の中にはある事なし」と言う。明らかに問題は、話の真偽にはなく、その齎《もたら》す感動にある。伝説の豊かな表現力が、人の心を根柢から動かすところに、語られる内容の鮮やかな像が、目前に描き出される。柳田さんが言いたいのは、そういう意味合の事なのです。

さて、炭焼きの話だが、柳田さんが深く心を動かされたのは、子供等の行為に違いあるまいが、この行為は、一体何を語っているのだろう。こんなにひもじいなら、いっその事死んでしまえというような簡単な事ではあるまい。彼等は、父親の苦労を日頃痛感していた筈である。自分達が死ねば、阿爺《おとう》もきっと楽になるだろう。それにしても、そういう烈しい感情が、どうして何の無理もなく、全く平静で慎重に、斧を磨《と》ぐという行為となって現れたのか。しかし、そういう事をいくら言ってみても仕方がないのである。何故かというと、ここには、仔細《しさい》らしい心理的説明などを、一切拒絶している何かがあるからです。柳田さんは、それをよく感じている。先きに引用した文でおわかりのように、柳田さんは、余計な口は、一と言も利《き》いていない。

この「山の人生」の話は、「故郷七十年」で、又繰返されているが、その思い切って簡潔な表現は、少しも変っていないのです。「小屋の口いっぱいに夕日がさしていた。秋の末のことであったという」という全く同じ文句が繰返されている。読んでいると、何度くり返しても、その味わいを尽す事は出来ない、と言われているような感じがして来ます。夕日は、斧を磨ぐ子供等のうちに入り込み、確かに彼等の心と融《と》け合っている。そういう心の持ち方しか出来なかった、遠い昔の人の心から、感動は伝わって来るようだ。それを私達が感受し、これに心を動かされているなら、私達は、それとは気附かないが、心の奥底に、古人の心を、現に持っているという事にならないか。そうとしか考えようがないのではなかろうか。先《ま》ず、そういう心に動かされて、これを信じなければ、柳田さんの学問は出発出来なかった。これは確かな事です。民俗学の、柳田さん自身もうまく行かなかった定義など、少くともここでは、どうでもよろしいのです。

炭焼きの子供等の行為は、確信に満ちた、断乎《だんこ》たるものであって、子供染《じ》みた気紛《きまぐ》れなど何処にも現れてはいない。それでいて、緊張した風もなければ、気負った様子も見せてはいない。純真に、率直に、われ知らず行なっているような、その趣が、私達を驚かす。機械的な行為と発作的な感情との分裂の意識などに悩んでいるような現代の「平地人」を、もし彼等が我れに還《かえ》るなら、「戦慄せしめる」に足るものが、話の背後に覗《のぞ》いている。子供等は、みんなと一緒に生活して行く為には、先ず俺達が死ぬのが自然であろうと思っている。自然人の共同生活のうちで、幾万年の間磨かれて本能化したそのような智慧《ちえ》がなければ、人類はどうなったろう。生き永らえて来られただろうか。そんな事まで感じられると言ったら、誇張になるだろうか。

ともあれ、柳田さんは、其処《そこ》に、「山びと」という古い言葉、――まだ文字もない遠い昔から使われて来た国語が、反響するのを聞いていた。「上古史上の国津神《くにつかみ》が末二つに分れ、大半は里に下って常民に混同し、残りは山に入り又は山に留まって、山人と呼ばれ」、そこに古い伝説が生き永らえる事になったわけだが、「我々の血の中に、若干の荒い山人の血を混じて居るかも知れぬということは、我々に取っては実に無限の興味であります」と「山人考《ろう》」の文は結ばれている。

柳田さんは、曖昧《あいまい》な比喩《ひゆ》を弄しているわけではない。もし、己れの意識を超えた心の、限度の知れぬ拡《ひろが》りを、そのまま素直に受入れる用意さえあれば、山びとの魂が未だ其処に生きている事を信ぜざるを得ない、とはっきり言っているのです。山びと達は、在るがままの自然に抱かれ、山の霊、山の神の姿を目《ま》のあたりにして暮していた。そういう彼等の生活経験の、極度の内面性に想到する事が、今日の人々には、大変困難になったように見える。と言うよりむしろ、しっかりした理由もなく、困難は回避されている。物事の外部を明らめようとするので多忙になった眼は、心の暗い内側など振り向いてもみないというのが、柳田さんの考えだったようです。「遠野物語」の序は、「今の事業多き時代に生れながら問題の大小をも弁《わきま》へず、其《その》力を用ゐる所当を失へりと言ふ人あらば如何《いかん》。明神の山の木兎《みゝづく》の如くあまりに其耳を尖らしあまりに其眼を丸くし過ぎたりと責《とが》むる人あらば如何。はて是非も無し。此《この》責任のみは自分が負はねばならぬなり」という言葉で終っています。

「遠野物語」を書いた著者の目的は、遠野の物語に心動かされたがままに、これを語ることによって、炭焼きの実話に反映している、その遠い先祖達の生活の中心部へ、責任をもって、読者を引入れるにあった。生活の中心部へとは、山びと達の生活は、山の神々との深刻な交渉なしには、決して成り立たなかったという、そういうところへという意味だ。彼等の生活は、山野にしっかりと取巻かれて行なわれていた。彼等は、自分等を捕えて離さぬ山野に宿る力、自分等の意志などからは全く独立しているとしか思えぬ、その計り知れぬ威力に向き合い、どういう態度を取って、どう行動したらいいか、真剣な努力を重ねざるを得なかった。これに心を砕いているうちに、神々の抗し得ぬ恐ろしさとともに、その驚くほどの恵みも、これを身をもって知るに到《いた》ったのである。そういう道を行って、彼等は、人生の基本的な意味や価値の味わいを、身に附ける事が出来たのであった。彼等の物語は、そういう次第を語っている。

そこに読む者を動かす彼等の物語の生命がある、柳田さんはそう信じた。だが話がこういうことになれば、「遠野物語」から実例を一つ引いた方がいいでしょう。

こういう話がある。或る猟人が白い鹿に逢《あ》った。「白鹿は神なりと云《い》ふ言伝へあれば、若《も》し傷《きず》つけて殺すこと能《あた》はずば、必ず崇《たゝり》あるべしと思案せしが、名誉の猟人なれば世間の嘲《あざけ》りをいとひ、思ひ切りて之《これ》を撃つに、手応《てごた》へはあれども鹿少しも動かず。此時もいたく胸騒ぎして、平生魔除《まよ》けとして危急《ききふ》の時の為に用意したる黄金の丸《たま》を取出し、これに蓬《よもぎ》を巻き附けて打ち放したれど、鹿は猶《なほ》動かず。あまり怪しければ近よりて見るに、よく鹿の形に似たる白き石なりき。数十年の間山中に暮せる者が、石と鹿とを見誤るべくも非《あら》ず、全く魔障《ましやう》の仕《し》業《わざ》なりけりと、此時ばかりは猟を止《や》めばやと思ひたりきと云ふ」（遠野物語、六一）

少し注意して、猟人の語るところを聞くなら、伝説に知性の不足しか見えないような眼が、いかに洞《うつ》ろなものかは、すぐ解るだろう。この伝説に登場する猟人は、白鹿は神なりという伝説を、まことか嘘かと、誰の力も借りず、己れの行為によって吟味しているではないか。そして、遂《つい》に彼は「全く魔障の仕業なりけり」と確かめる。「猟を止めばや」と思うほどの、非常な衝撃のうちに確かめる。漠然と感じていた白鹿の神への畏《おそ》れが、懸命な吟味により、猟を止めばやと思うほどはっきりした形を取った、と彼は語るのである。だが、彼は猟は止めない。日常生活の合理性は、自分の宗教的経験に一向抵触するところがないという、極く当り前な理由によると見て少しも差支《さしつか》えないでしょう。

同時に、進んでこうも考えられよう。この名誉ある猟人は、眼前の事物を合理的に実際的に処理することにかけては、衆に優れていた筈だが、そういう能力は、基本的には、「数十年の間山中に暮せる者が、石と鹿とを見誤るべくも非ず」とあるところに働いている感覚と結んだ知性の眼を出ない。と言うのは、この眼がいよいよ明らかになっても、これは、人生の意味や価値を生み出す力を持っていない。そういう事を、猟人は確かめたという事になろう。そういう次第なら、遠野の伝説劇に登場するこの人物が柳田さんの心を捕えたのは、その生活の中心部が、万人の如く考えず、全く自分流に信じ、信じたところに責任を持つというところにあった、その事だったと言ってもいい事になりましょう。

すると、この猟人が、本当に衆にすぐれていた所以《ゆえん》は、一ぱいに働いていた彼の個性の力にあったと考えざるを得なくなります。だが、彼の個性の力と此処《ここ》で言うのには、自己を主張するという現代風の意味はない。何度も繰返すようだが、彼は自然の懐《ふところ》に、しっかりと抱かれて生きていた。その充実感を、己れの裡《うち》に感じ取っていたという、ただそれだけの事を言うのでして、これが素朴な人々の尋常な生き方であった事が、納得いくなら、現代の人々の愛好する自己主張という言葉は、自然との異常な断絶を背景としているのが見えて来るのではないでしょうか。猟人に、自己を主張するというような事が思い附けなかったのも、彼にはその相手がなかったからだ。己れに疎遠《そえん》な外界との対立を、まるで感じていなかったからだ。言わば、自然全体のうちに、自分は居るのだし、自分全体のうちに自然は在るというのが、彼の生きて行く味わいだったのです。かくの如く、己れを取巻く自然が充分に内面化されている場所は、自己とはかくの如きものと主張する分別の如きが出る幕ではない。そういう言い方も出来ると思う。

このように言って来れば、彼の個性の自由な働きを支えているのは、想像力と結んだ彼の自然感情である事は、もはや明らかでしょう。彼は、自然がその心をこちらの心へ通わせて来る、というどうしても疑えぬ事実について語るのだが、其処には、決して明瞭《めいりょう》な言葉にはならないものがある。語りかけて来る自然の恐ろしさは、何とは知れぬ親しさを秘めているし、自然の美しい心は、異様な奇怪なものを含んでいる。彼は、言葉にならぬ自然という実在に面しているのだが、その直接な経験が、言葉にならぬというその事が、彼に表現を求めて止まないのです。言わば、実在は彼を信じ、君の信ずるところを語れと迫る。彼は心を躍らし、その最上と思われる着想、即《すなわ》ち先ず彼自身が驚くような着想によって、実在を語る。どうしてこのような物語が、人から人へと伝えられないわけがありましょうか。

さて、又柳田さんの文章からの引用でお終《しま》いにしたいと思います。これは「妖怪談義《ようかいだんぎ》」という文にある。少々長いが、大変面白い。

「化け物の話を一つ、出来るだけきまじめに又存分にして見たい。けだし我々の文化閲歴のうちで、これが近年最も閑却せられたる部面であり、従って或《ある》民族が新たに自己反省を企《くわだ》つる場合に、特に意外なる多くの暗示を供与する資源でもあるからである。私の目的はこれに由《よ》って、通常人の人生観、分けても信仰の推移を窺《うかが》い知るに在った。しかもこの方法をやや延長するならば、或《あるい》は眼前の世相に歴史性を認めて、徐々にその因由《いんゆ》を究めんとする風習をも馴致《じゅんち》し、迷いも悟りもせぬ若干のフィリステルを、改宗せしむるの端緒を得るかも知れぬ。もしそういう事が出来たら、それは願ってでも無い副産物だと思って居る。

私は生来オバケの話をすることが好きで、又至って謙虚なる態度を以《もっ》て、この方面の知識を求め続けて居た。それが近頃はふっとその試みを断念してしまったわけは、一言で言うならば相手が悪くなったからである。先ず最も通例の受返事は、一応にやりと笑ってから、全体オバケというものは有るもので御座りましょうかと来る。そんな事はもう疾《と》くに決して居る筈であり、又私がこれに確答し得る適任者でないことは判《わか》って居る筈である。乃《すなわ》ち別にその答が聴きたくて問うのでは無くて、今はこれより外《ほか》の挨拶《あいさつ》のしようを知らぬ人ばかりが多くなって居るのである。偏鄙《へんぴ》な村里では、怒る者さえこの頃は出来て来た。なんぼ我々でも、まだそんな事を信じて居るかと思われるのは心外だ。それは田舎者を軽蔑した質問だ、という顔もすれば又勇敢に表白する人もある。そんならちっとも怖いことは無いか。夜でも晩方でも女子供でも、キャッともアレエともいう場合が絶滅したかというと、それとは大ちがいの風説はなお流《る》布《ふ》して居る。何の事は無い自分の懐中にあるものを、出して示すことも出来ないような、不自由な教育を受けて居るのである。まだしも腹の底から不思議の無いことを信じて、やっきとなって論弁した妖怪学時代がなつかしい位なものである。無いにも有るにもそんな事は実はもう問題で無い。我々はオバケはどうでも居るものと思った人が、昔は大いに有り、今でも少しはある理由が、判らないので困って居るだけである」

この文章の含みも、なかなか深い。字面《じづら》だけ辿《たど》って、何が解るものでもない、少々、註釈が要るようです。先ず、柳田さんは、オバケの話を「出来るだけきまじめに又存分にして見たい」というその目的について明言しています。お化けの話は昔の通常人の人生観であった、信仰であったと言ってもいいが、この信仰の推移を窺わんとする企ては、その赴くところ、一と筋に眼前の世相の歴史性にまで届かざるを得ない。ところが、こういう考え方が、現代の歴史家には気に入らない。その気負った意識に強く影響した唯物史観は、この史観も亦《また》現代の信仰を出ないという、わかり切った真実を覆《おお》い隠して了っている。引いては、歴史を言うなら、先ず何を措《お》いても、歴史を生かしている人生観の変遷《へんせん》というものを言わねばならぬという、全く常識に適《かな》った考えさえ覆って了う。言葉の惑わしというものは怖いものです。

歴史家には限らない。今日の一般の人々に、お化けの話をまじめに訊《たず》ねても、まじめな答えは決して返って来ない。にやりと笑われるだけだ、と柳田さんは書いているが、これは鋭敏な表現でして、この笑いは、お化けの話に対して、現代人がとっている曖昧な態度と言うよりも不真面目な態度を、端的に現していると、柳田さんは見ているのです。お化けの話を、何故真面目に扱わねばならないかという柳田さんの考えは、其処には、これを信ずるか、疑うかという各人の生活上の具体的経験が関係して来るからだという所にありました。この各人の具体的な経験というものを見ぬふりをする、物事を正しく考えて誤らぬ為には、個性も感情も、一応見ぬ振りしなければならぬ、――そういう横着な現代人の通念に、強い反撥《はんぱつ》を柳田さんは感じている。そこで、迷いも悟りもせぬ現代俗物の笑いという烈しい言葉が出て来るのです。

ところで、お終いの文は、その最も大事な含みです。お化けというものは、有るものか無いものか、と頭から問う愚にも附かぬ質問はさて措き、「我々はオバケはどうでも居るものと思った人が、昔は大いに有り、今でも少しはある理由が、判らないので困って居るだけである」と柳田さんは文を結んでいる。ここで、柳田さんが露《あら》わには言わなかったところを、露わに言ってみれば、およそ次のような事になりましょうか。

歴史の上で、人々の信仰の推移というものが、まざまざと見えて来るのも、人性に備わる信仰性の不易《ふえき》を念頭に浮べての事である。今では、お化けを信ずる人は少くなったという問題は、科学の知識の進歩と言う流行の問題に属すると見て仔細はないし、歴史というものの実体は不易と流行とで一体をなしているという古くからの考え方に、反対する理由もないのです。専門の歴史家はさて措き、普通の歴史好きというものは、過去に生活していた全くの別人と、今日の隣人の如く親しく話し合っているものなのだ。それが、私達の歴史に対する尋常な態度であるし、そこに私達に親しい生きた歴史の実体もあるのです。お化けを信ずる人は少くなったが、決して無くなりはしない、困った事だと柳田さんが言うのは、そういう歴史の実体に直面しての言葉だ。証拠が無ければ信じないという今日の流行思想によって、お化けは、だんだん追い払われるようになったが、何処《どこ》から来るとも決してわからぬ恐怖に襲われる事は、人間らしい傷つき易《やす》い心を持って生活をつづける限り、無くなりはしないのです。それをお化けは死なないという言葉で言って悪い筈はあるまい。お化けの話となると、にやりと笑うのだが、実はその笑いにしても、何処からやって来るのか、笑う当人には判っていないではないか。という事は、追っぱらっても、追っぱらっても、逃げて行くだけのお化けは、追っぱらった当人自身の心の奥底に逃げ込んで、その不安と化するのである。人間の魂の構造上、そういう事になる。そこで、追っぱらわれたお返しに、彼をにやりと笑わせる。笑っても、人生で何一つ実質のあるものが得られない、全くうつろな笑いを笑わせるのです。そんな事まで出来なければ、お化けとは言えますまい。このような次第になったのも、「自分の懐中にあるものを、出して示すことも出来ないような、不自由な教育を受けて居る」結果であると、柳田さんははっきり言っています。懐中にあるものとは、言うまでもなく、私達の天与の情《こころ》です。情操教育とは、教育法の一種ではない。人生の真相に添うて行なわなければ、凡《およ》そ教育というものはないという事を言っている言葉なのです。

小林秀雄先生と学生たち

國武忠彦《くにたけただひこ》

このたび、小林秀雄先生の国民文化研究会における講義内容の二回分と、五回にわたる学生との質疑応答が、活字化されて公刊されることを心から喜び、この公刊をご許可くださった小林先生のご長女、白洲《しらす》明子さまに厚くお礼を申し上げる。

小林先生は、この会の催す「全国学生青年合宿教室」（四泊五日）に、昭和三十六年から五十三年にかけて、夏の暑い盛りも厭《いと》わず九州まで、五回もご出講くださった。講義は朝の八時半から二時間、そのあと、小休止をはさんで約一時間、学生からの質問に答えられた。先生がお越しになる年は、全国から学生たちが三百名、四百名と集まった。

小林先生とこの会との間にご縁ができたのは、福田恆存《つねあり》先生のお蔭《かげ》である。当初は福田先生にご講義をお願いする予定だったと、私の高校時代の恩師、小柳陽太郎先生からお聞きした。福田先生にお願いするためにお訪ねすると、あいにくご予定と重なったため、「小林さんにお願いしてみてあげましょうか」ということになり、その場で電話をかけてくださり、小林先生のご内諾を得るという僥倖《ぎょうこう》となったのである。

この「合宿教室」を主催した、国民文化研究会の理事長、小田村寅二郎先生は、この会を〝貧乏書生の集まり〟と言っていたが、世間では「昭和の松下村塾《しょうかそんじゅく》」とも呼んでいた。小田村先生は、吉田松陰《よしだしょういん》につながる家系に生れ、東大の学生のときに憲法講義などを批判して退学させられ、また時の東条英機内閣を批判して留置場に拘留されることもあった人である。この事件の際、小田村支援の学生運動は全国に広がり、やがて、国民文化研究会発足へと繋《つな》がったのである。

太平洋戦争の敗北から十年が過ぎたばかりの当時、世間では「時代の断層」という言葉が流行《はや》り、二十代と三十代の間では人生観に明らかな相違がみられた。依存していた伝統は崩れ、頼るべき目標もなく、新しく実現すべき社会の姿も見出《みいだ》せない状況にあった。学園では、思想は混迷し、イデオロギッシュな議論が横行し、誰もが抽象的で概念的な理論のやりとりに陥っていた。

そんな時代の世相の中、昭和三十一年に、小田村先生と九州を中心とした仲間二十九名が、国民文化研究会を結成し、霧島で第一回「合宿教室」を開催した。趣旨は、いままでの日本の古い文化や伝統にもう一度向き合い、問い質《ただ》し、自己確立を図ろうとしたのである。過去への敬意、歴史への共感、人と人との愛情を取り戻したいという強い願望である。当時、福岡の高校生だった私も、お米必携のもとに参加した。

この「合宿教室」に私は毎年のように参加したが、六年目に、「小林秀雄先生が来てくださるよ」と、小田村先生がおっしゃったときにはびっくりした。日米間の安全保障条約締結への賛否をめぐり、学生も含めて日本中が騒然となった「安保闘争」の翌年、昭和三十六年春のことである。私は大学三年生だったが、信じられなくて、小田村先生を〝神さまだ〟と思ったほどだ。

そして夏、雲仙での「合宿教室」に、小林先生をお迎えした時の張りつめた雰囲気を、私はつぎのように記録した。

　小林秀雄先生の登壇を、約二百名の参加者のすべてが、今か今かと待ちわびた。私は小林先生の著書を何回となく読み、その文章に幾度となく心うたれてきたが、小林先生その人は一体どんな人なのだろうか。またお声はどんな格調を帯びているのだろうか。この合宿教室ではどんなことを話して下さるのだろうか。これほど強く人を待ちわびる気持ちを私が実感したのは、まことに稀有《けう》のことといってもけっしていい過ぎではないような気がする。

　二時間にわたる講義を、全員が水を打ったような静粛さのなかで聞き入った。先生の言葉は一つ一つ深く響き、嘆息とも感懐ともつかぬ感激が満ちた。この先生の講義を聴いて詠《よ》んだ学生の歌を、つぎに挙げる。

ひとことも聞きもらさじと手をひざに身をのり出し耳を傾く（平松純子）

先生は一言一言に心こめわれらのためにに語りたまひぬ（鈴木利幸）

休息時間に入る。次が質問時間である。そのとき、私は急に司会者に呼ばれた。「君、小林先生に質問してくれ。日本文化に関するお話をお伺いしたいので、そういう質問をしてくれ」といわれた。先生の講義が、科学に関する話が多かったので、今度は古典など学問に取組む姿勢についてお聞きしたいというのである。

質問の時間が始まった。先生は、はじめにこんな話をされた。「うまく質問してくださいよ」、「問題がなければ質問しないわけですからね。問題が間違っていれば、質問しても仕方ないわけです。うまく問題を自分でこしらえて、質問をこしらえなければなりません」。「質問をこしらえる」とは、面白い言葉だなと思った。先生は、対話を進めていけば自問自答になる。さらに進めば「答えを予想しない問いはない」とところにいく。だから「問答を実らせる力は問いのうちにある」とおっしゃったこともある。私はたちまち緊張した。

一斉に手が挙がる。私は、何番目だったか。氏名と大学名を名のって、現代の学者のいう宣長の学問の不徹底、宗教性、人民の立場について質問した。先生からは、思いもよらぬ回答を得た。それまでに読んでいた先生の文章にはない回答である。これが問答だ。身を射られたというか、しっかりと私の身体《からだ》に先生の言葉が入った。質疑応答を詠んだ学生の歌がある。

たどたどしく問ひをだしたる友どちのまなこ見据ゑて答へたまへり（奈良崎修二）

対話こそ学問なりと述べられし師の君のことば胸にひびきぬ（古井博明）

私は、先生の講義や質疑応答を聴きながら、先生の話し言葉には、書かれた文章とは違った魅力があることを感じた。とくに、学生との生きた問答には、講義よりも問答を楽しみにしていられたのではないかとさえ思った。講義中にも立ち止まって考えこみ、「諸君、一緒に考えてくれよ」「何か質問してくれよ」「一緒に話がしたいのだよ」とおっしゃった。「驚くほど率直に、心を開いて語り合う」という、後に〈考えるヒント〉の「プラトンの『国家』」に書かれた言葉通りのお姿だった。問答は、知恵の成育に欠かせない教育の原型と考えられていたのであろう。

昭和五十三年の阿蘇合宿では、次のような話をされた。プラトンが手紙のなかでこう言っている、「自分の知恵が人に伝わるのは、心を開いてその人と語り合う時だ。心を開いて、人を信じてお互いに語り合うところに、火花のように散る知恵が、本当に生きた知恵だ」「そういう知恵は本などではとても伝えられないから、本に書いたことはないのだ」。

この「火花のように散る知恵」は、強く印象に残った。まさにこの合宿で求めていたものが、魂と魂が火花を散らして接触するという学問の原型だったからだ。現代の学問は、人間の生きた知恵を奪っている、「対話の魅力」とは、「生きた知恵が対話の間に飛び交う」「信じ合っている人たちが、談笑し、議論する。自分の心を本当にさらけ出して会話をする。その楽しさ真実さ。そここそ本当の知恵が行き交う」、そう言われた。

学生の質問がたとえ稚拙であっても、先生は誠実に受け止め、真面目《まじめ》に答えてくださった。合宿終了後も、学生たちは先生の本を各地で輪読し、理解を深めていった。

問答が終ると、先生を囲んで記念写真を撮る。午後は楽しいリクリエーション。年によって違ったが、雲仙妙見岳、高千穂峰、阿蘇中岳の登山にでかけた。ここでも学生たちは、先生を見つけては談笑し、写真を一緒に撮った。忘れられない思い出である。

思い出といえば、先生はこの初めての雲仙合宿に到着した日の夕食で、あとお一人の外来講師である木内信胤《きうちのぶたね》氏(世界経済調査会理事長)に出会った。「あなたは野球の木内さんですか」と先生は訊《き》いた。先生は野球が大好きで、第一高等学校に入学するとすぐ野球部に入ったが、主将の木内氏にこっぴどくしごかれて腹を立て、退部した。その木内氏に、ぱったりと四十年ぶりに会ったのだ。どんなお気持ちだったのか。しかし、その後の合宿でもお二人はいつも仲良く、どこでもご一緒だった。

この合宿は、全《すべ》て学生が中心になって運営した。会場の準備、駅への出迎え、受付、会場設営、プリントの作成・印刷、班別討論、夜の反省会など、仕事は深夜におよび、就寝が十二時を過ぎることも何度もあった。講師の出迎え、講義の司会、講師紹介、講義要旨のまとめまで学生がやったこともある。まさに「昭和の松下村塾」である。

ところが、小林先生が初めてお見え下さった昭和三十六年、予期せぬ障碍《しょうがい》に私たちは直面した。例年のように合宿記録のレポートの作成が進められていたとき、小林先生は講義を活字にすることを峻拒《しゅんきょ》された。その前に先生は、自分の話を録音することも認めない、NHKにすら許したことはないと言われた。

これを聞いて、小田村先生は大変困った。最も参加者が楽しみにしている小林先生の講義録が空白になるからだ。この困りようは、傍目にも痛々しいものであった。何とかご承諾を得る方法はないかと心を砕かれ、そこで思い付かれたのが、参加学生の一人に聴講記を書かせる、その聴講記にお目通しをいただく、という案だった。その〝聴講記〟が私に課せられた。

昭和三十七年五月、私は聴講記の原稿を持って、小田村先生と鎌倉の小林先生のお宅へ伺った。雨のなか坂をのぼり、門に近づくと、番犬が甲高く吠《ほ》えた。奥様が「これこれ」といって、犬をなだめられた。

「これは、早稲田大学の國武忠彦君がまとめたものです。お目を通していただき、ご加除の上で活字にさせていただければ幸いでございます」と、小田村先生からお願い申し上げた。「見ておこう。君、三日後に取りにきたまえ」と、小林先生は私を見ておっしゃった。

三日後、私は一人でお伺いした。こんどは、犬は吠えなかった。小林先生は「これでいいだろう」と言って、原稿をテーブルの上に置かれた。朱でびっしりと訂正加筆されている。とてもうれしかった。

「今の学生さんはどんな本を読んでいますか」と聞かれた。「社会科学に関する本です」と答えた。「ああそう。僕は小説を読んだな。雑誌が出るのが待ちきれなかったよ」とおっしゃった。「私はこれからフランス文学をやりたいと思っています」と言ったら、「そんなものやる必要はない」と急に大きな声を出された。「それより、君、漢文が読めるかい。僕は読めない。辞書を片手に読んでいる。漢文が読めなきゃダメだよ」とおっしゃった。

先生がそう言った後で、積極的に話されたのは、伊藤仁斎《いとうじんさい》や荻生徂徠《おぎゅうそらい》のことであった。とくに、読書の仕方について、仁斎の「其ノ謦欬《ケイガイ》ヲ承《ウ》クルガ如《ゴト》ク、其ノ肺腑《ハイフ》ヲ視《ミ》ルガ如ク」や、徂徠の「註をもはなれ、本文ばかりを、見るともなく、読むともなく」の話は、忘れることができない。これらの話は、後に「本居宣長《もとおりのりなが》」の第十章（新潮社版「小林秀雄全作品」第27集所収）に精《くわ》しくお書きになった。

奥様から出された鳩《はと》の形をしたお菓子にも手がだせず、五時間あまり過ごしておいとました。

小林先生の衣鉢《いはつ》を継ぐ人たちが、年齢の差を乗り越えて、若い学生たちと、寝食を共にして語り尽くそうとするこの合宿は現在も続き、平成二十五年夏で五十八回になった。

それにしても、なぜ小林先生は、国民文化研究会の合宿に、五回もお越しくださったのか。最初の昭和三十六年、先生は五十九歳であった。最後となった五十三年は七十六歳であった。謝礼も交通費程度しか出せない貧乏な研究グループのために、遠い九州まで夏に出向いて、なぜ話をされたのか。その答は、ひとえに小田村先生と学生たちの熱意にあったと思う。その熱意は、学生が書き残した感想文や和歌を読めば一《いち》目瞭然《もくりょうぜん》である。

問ひかくる友の言葉にうなづきて熱心に答ふるみ姿美し（鶴　博子）

師の君の深き御心《みこころ》感じつつ学びの道の御話聞きぬ（原田　保）

また、小田村先生がご出講をお願いした手紙を読むとわかる。

最後に、小林先生が合宿からお帰りになる時、小田村先生が詠まれた和歌をご紹介する。

大人《うし》いまし帰らせ給《たま》ふかお元気に講義終へまししみ顔清《すが》しく

去年《こぞ》の暮れゆ千々《ちぢ》に心を砕き来《こ》し〝大人《うし》み招《まね》き〟のことは実《みの》りき

肩の荷の下りし心地にたたずみつ阿蘇の山辺にまなこやりぬる

このただならぬ真心に、小林先生は応《こた》えてくださったのである。

（「国民文化研究会」参与）

問うことと答えること

池田雅延

一

小林秀雄氏は、批評家です。一九〇二年（明治三五）、東京に生れ、一九八三年（昭和五八）に世を去りましたが、その八十年の生涯において、「ドストエフスキイの生活」「西行《さいぎょう》」「実朝《さねとも》」「モオツァルト」「ゴッホの手紙」「本居宣長《もとおりのりなが》」などの文章を書き、日本における近代批評の創始者、確立者として大きな足跡を残しました。

批評と聞くと、大抵の人は批難、批判、誹謗《ひぼう》といった言葉と同じ意味合で受取ります。しかし、小林秀雄の言う「批評」は違っていました。この本に収めた学生との対話でも言っていますが（本書一二〇頁《ページ》）、永年、批評文を書いてきて、小林秀雄が到達した境地は、「批評とは他人をほめる技術である」でした。昭和三十九年、六十二歳の正月に発表した「批評」という文章に、こう書いています。――自分の仕事の具体例を顧《かえり》みると、批評文としてよく書かれているものは、皆他人への讃辞《さんじ》であって、他人への悪口で文を成したものはない事に、はっきりと気附く。そこから率直に発言してみると、批評とは人をほめる特殊の技術だ、と言えそうだ。人をけなすのは批評家の持つ一技術ですらなく、批評精神に全く反する精神的態度である、と言えそうだ……（新潮社版「小林秀雄全作品」25）。

この「他人をほめる技術」としての批評は、小林秀雄が早くからめざしていたことの当然の帰結といってよいものでした。小林が終生のテーマとしたのは、人生、いかに生きるべきか、でした。そこをさらに言えば、この世に小林秀雄として生れてきた、というより、小林秀雄としてしか生れてきようのなかった小林秀雄は、小林秀雄にしか生きられない人生をどう生きていったらよいか、でした。この問いに対する答えを求めて自問自答するうち、何よりもまず小林秀雄という人間は、どういう人間として生れてきているか、それを知ろうとして、自分を写す鏡としたのがドストエフスキーであり、西行、実朝であり、モーツァルトであり、ゴッホであり、本居宣長であったのです。

昭和七年、三十歳の年に発表した「手帖《てちょう》I」で、こう言っています、――自分の本当の姿が見附けたかったら、自分というものを一切見失うまで、自己解析をつづける事。中途で止《や》めるなら、初めからしない方が有益である。途中で見附ける自分の姿はみんな影に過ぎない……。そして、――自分というものを一切見失う点、ここに確定的な線がひかれている様に思う。こちら側には何物もない、向う側には他人だけがいる。自分は定かな性格を全く持っていない。同時に、他人はめいめい確固たる性格であり、実体である様に見える。こういう奇妙な風景に接して、はじめて他人というものが自分を映してくれる唯一《ゆいいつ》の歪《ゆが》んでいない鏡だと合点する……（同4）。

小林秀雄は、ドストエフスキーならドストエフスキーの、その生き方に自分を写し、そこから自分の生き方のイメージを得ようとしたのです。ドストエフスキーが、ドストエフスキーとして生れ、ドストエフスキーとして生きた「確固たる性格、実体」にまずは無心で向きあう。するとその「確固たる性格、実体」に、共鳴したり惑乱したりする自分がいる。それは今まで、自分自身でさえ知らなかった自分である。そうか、自分はこういう人間か……、この自分に対する発見の驚きが、いかに生きるべきかを考える最初の糸口になる、眼の前の他人を貶《けな》したり咎《とが》めたりしたのではそこに自分は写らない、写ったとしてもそれはすでにわかりきった、手垢《てあか》にまみれた自分である、いかに生きるべきかを創造的に考えようとすれば、他人をほめることから始める、ほめるといっても追従《ついしょう》を言ったり機嫌をとったりするのではない、その人をその人たらしめている個性を見ぬき、その個性を徹底的に尊敬するのである、そうしてこそ自分はどう生きていけばよいかのしっかりしたイメージが返ってくる、そういう確信が、いつしかおのずと小林秀雄に育ったのです。

二

この本には、九州でひらかれた「全国学生青年合宿教室」において、小林秀雄氏が行った講義と、講義に続いて行われた質疑応答の模様を文字にして収めました。これらの講義も応答も、すべて「私たちはどう生きていけばよいか」に貫かれています。が、読者には、その発言内容はもちろんのことですが、小林秀雄の講義を聴くため全国から集まった若者たちに、小林自身はどういう思いで接していたか、そこをぜひとも読み取って下さるようお願いします。

九州の「全国学生青年合宿教室」で、小林秀雄の講義は計五回行われました。この本に講義録を収めた「文学の雑感」「信ずることと知ること」を含めて、声は「新潮CD 小林秀雄講演」で聴くことができます。しかし、実をいえば、この講義がこうしていまも聴けるということは、奇跡にちかいことなのです。小林秀雄は、講演であれ対談・座談の類《たぐい》であれ、自分の話を録音することは固く禁じていました。そのことは、この本の二〇五頁で國武忠彦さんも書かれています。小林が録音を禁じた理由のひとつは、自分の知らないところでそれが勝手に使われ、書き言葉ではない話し言葉をもとに小林秀雄論など書かれたりしては困るからです。

そういうわけで、小林秀雄の声は残っていないはずでした。ところが、国民文化研究会の小田村寅二郎さんほか何人かの講演会主催者や編集者が、小林の逆鱗《げきりん》にふれるかもしれない恐怖と戦いながら、密《ひそ》かにテープを回していました。小林が亡《な》くなった後、話の中身は言うまでもなく、小林秀雄の声と語り口も後世に伝えなければならない、それが自分の使命だと思いきめた編集者の熱意と、これを諒《りょう》とされたご遺族の英断によって、講演テープが世に送られました。いま多くの人々に感動をもたらしている「新潮CD　小林秀雄講演」（全八巻）には、そういう経緯があったのです。

しかも、事はそれだけではありませんでした。小林秀雄は、自分の話の録音を禁じただけでなく、人の手による速記であっても、その速記原稿に目を通し、加筆したうえでないと活字にすることを許しませんでした。何かを話してではなく、何かを書いて生きていく人間、すなわち文筆家としての自覚と矜持《きょうじ》をつよくもっていた小林は、一語一語の吟味は言うまでもありませんが、たとえば文末を「……だ。」とするか「……である。」とするか、そうした微妙な細部で一日中考え続けることさえ少なくありませんでした。したがって、講演、対談、座談といった話し言葉は、書き言葉に調えてからでなくては自分の発言とはしなかったのです。

そういう小林秀雄の書き言葉への信念と情熱が、この本に収めた「文学の雑感」と「信ずることと知ること」にも赤々と燃えています。わけても、「信ずることと知ること」の初稿版（三三頁～）と定稿版（二七一頁～）を読み比べてみると、小林の信念がいっそうつよく迫ってきます。「文学の雑感」と「信ずることと考えること」、この二つの講義録は、いずれも九州での講義内容を国民文化研究会が整理し、そこに小林秀雄の手が加えられて同会発行の『日本への回帰』に収録されたものですが、実のところこれらは、たとえば「歴史と文学」（「小林秀雄全作品」13）や「私の人生観」（同17）「生と死」（同26）といった、「小林秀雄全集」に入っている他の講演録に比べ、加筆の筆づかいがさほど厳しくないとは言えます。これは、昭和二十四年、四十七歳の十月に刊行した「私の人生観」が、前年十一月の講演をもとにまずは雑誌に分載され、そこに筆が加えられ修整が行われ、徐々に仕上げられていった経緯と同じです。

そこをもうすこし詳しくいえば、「文学の雑感」の講義内容の一部は、昭和四十年の六月から雑誌『新潮』に連載していた「本居宣長」で、もう書いていたことでした。特に「大和魂」と「大和心」については、九州での講義のほぼ一年前、昭和四十四年の七月号にしっかり書いていました。したがって、小林秀雄としては、このころすでに国民文化研究会に身内の意識があり、身内に読んでもらうのであればこれでいい、『日本への回帰』で興味がわいたら、『新潮』を読んでほしい、そう考えていたと思われます。『新潮』の連載を終えた後、さらに細かく目を通した決定稿は、いまは「本居宣長」の第二十五章となって、「小林秀雄全作品」の第27集に入っています。「信ずることと知ること」もまた、「本居宣長」と深いところで通じあうテーマでした。そのため、これらはとても一度には語り尽くせない、いずれあらためて加筆を、と考えていたと思われます。やがてその加筆整斉の機会に恵まれ、講演録としての精度密度を高め、昭和五十四年刊の『新訂小林秀雄全集』別巻に収録したのが「信ずることと知ること」の定稿です。昭和四十九年、九州での講義は「信ずることと考えること」と題して行いましたが、それを『日本への回帰』に収録する段階で題を「信ずることと知ること」と変えました。そして五十一年、東京の三百人劇場に招かれて九州と同じテーマで講演し、雑誌『諸君!』に載せました。九州で話し、それに手を入れて活字にした後も、「信ずることと知ること」のテーマは小林秀雄のなかで熟成を続けたのです。その熟成結果をもういちど口にすることでさらに熟成が進み、これに手を加えることで熟成はいっそう進んだのです。こうして「信ずることと知ること」

は、何かを話してではなく、何かを書いて生きる人間として、小林秀雄が終生保ち続けた自覚と矜持が象徴的に躍動した「講演文学」のひとつとなったのです。

三

とはいえ、小林秀雄氏は、話すことそのものを軽視していたわけではありません。軽視どころか、晩年は特に、書くこととはまったく別の意味から重視していました。亡くなったのはいまから三十年前ですが、亡くなる年の四年前に「本居宣長補記Ｉ」を発表し、まだ文字というものをもっていなかった古代日本人の言霊《ことだま》と、生涯一行も書かなかった古代ギリシャの哲学者ソクラテスを引いて、文字で書かれた言葉はいつも同じ顔をどんな人の前にも曝《さら》しているだけだが、話し言葉は語るべき人には語り、黙すべき人には口をつぐむという自在な術《すべ》を自ら身につけていると、書き言葉より古い話し言葉の徳に言及しています（同28）。

しかも、話し言葉の重視は、思想の上でのことだけではありませんでした。自ら鍛錬もしました。今に残る小林秀雄の口調が、落語の名人、五代目古今亭志ん生にそっくりだとはよく言われることですが、これはたまたま似ているのではありません。講演に臨んだときの聞き手への接し方、自分の伝え方、それらを小林は、意識して志ん生に学んだのです。わけても志ん生の十八番、「火焔《かえん》太鼓」はレコードがすりきれるほど聴いて自家《じか》薬籠中《やくろうちゅう》のものにしました。

そういう次第で、小林の録音拒否の心底には、話し言葉もまた大事にしようとする熱い思いがありました。録音によって自分の話し言葉が独り歩きさせられることへの懸念《けねん》、それもありましたが、さらに大きな理由は、人間の言葉を保存する手段として文字と肩を並べるまでになった録音機が、文字にも増して話し言葉の徳を台無しにするからです。――ちかごろはみな、録音機のマイクを平気で人につきつける。そうすることでもう人間同士の会話は成り立たなくなっていることに気づいていない。人と人との会話とは、当事者同士で創作する言葉の劇だ。そこに機械が入りこむともうだめだ。語る側は、聴く側が耳を機械に預けて虚《うつ》ろになっていることをすぐさま感知するから、聴く側の表情や目の色に触発されて考える、考えを工夫するということがなくなる。頭のなかに出来上っている意味内容を芸もなく吐き出すだけになる……、そう言っていました。

九州の「全国学生青年合宿教室」での講義にも、質疑応答にも、小林はこの、人と人との会話とは当事者同士で創作する言葉の劇だという信念で臨んでいました。それはまた、ソクラテスに学んだ智慧《ちえ》でもありました。ソクラテスは、ひたすら知を愛し知を求めた哲学者ですが、そのソクラテスによると、真知を得る最善の道は、率直に、心を開いて人々と語ることだというのです。ふたたび「本居宣長補記Ｉ」を読んでみましょう、――この相手こそ心を割って語りあえると見た人との対話とは、相手の魂のうちに、言葉を知識とともに植えつけることだ、この言葉は、自分自身も、植えてくれた人も助けるだけの力を持っている。空《むな》しく枯れてしまうことなく、その種子からはまた別の言葉が別の心のうちに生れ、不滅の命を持ちつづける……。ソクラテスにとって言葉とは、自分の外部にあって外部からどうにでも操れる記号ではなかった、それは己れの魂に植えつけられて生きているものだ、対話劇の進行とは、人と人との間に対話の喜びを生み出し、これを生かしているもの、言わば対話の魂と呼ぶべきものにめぐり会い、これを信じ、その自然な動きに随《したが》うことだ、と書いています。

この本に収めた小林秀雄と学生たちとの質疑応答は、小林秀雄の没後三十年にあたり、国民文化研究会に残されていた録音テープの音声をあらためて文字に起したものです。したがって、当然ながら小林秀雄の目にふれてはおらず、ましてや小林自身の加筆が行われたものではありません。そういう意味ではそれこそ小林秀雄の逆鱗にふれかねない本ですが、これはあくまでも小林秀雄の著書ではなく、国民文化研究会と新潮社による小林秀雄の言行記録です。あえて言えば、孔子の言行が弟子たちによって記録された「論語」の顰《ひそ》みに倣《なら》った本です。人と人との対話とは何か、そしてその対話はいかに行われるべきか、それを思想として書き著したのみならず、十数年にわたって実践しつづけた小林秀雄の熱意に鑑《かんが》み、ご遺族の認許を特に仰いで公刊するものです。

四

人と人との対話の意味と併せて、この本を公刊するもうひとつの大きな目的は、「質問することの意味」です。講義や講演のあとに質疑応答の時間が設けられることはよくあることですが、小林秀雄氏が講壇に立った「全国学生青年合宿教室」の質疑応答は、他に類を見ないと言っていいものです。何度も「質問して下さい」と小林のほうから呼びかけ、それも「うまく質問して下さい」と条件をつけ、「そんな質問には答えない」とはねつけたりもしています。実はこれも、先に紹介した「批評とは他人をほめる技術である」と根本は同じなのです。小林秀雄は、若者たちに、「批評とは上手に質問する技術である」と言ってもよかったはずなのです。

小林秀雄は、ドストエフスキーや西行、実朝、モーツァルトやゴッホ、本居宣長たちを、自分を写す鏡にしたと先に言いましたが、彼らを鏡にしたとは、同時に彼等に質問することでもあったのです。小林自身は、人生いかに生きるべきかの答えを、頭を使ってはいっさい出そうとせず、ドストエフスキーや本居宣長たちと何年も向きあい、その時その時の彼らの気持ちを推しはかり、彼らの身になって問いかけ問いかけするうちに、おのずと胸に浮んできた「こうかな……」「こうらしいな……」という思いを、すなわち、自分のなかで自然に発芽し熟成した仮説を文章にしたのです。九州で若者たちに呼びかけた、「君たち、質問してくれよ」は、そういう小林秀雄の批評家としての一貫した姿勢に発していたのです。

しかし、質問するということは、決してやさしいことではありません。昭和四十九年の講義「信ずることと考えること」に続いた質問時間の冒頭で、小林秀雄はこう言っています、——質問するというのは難しいことです。本当にうまく質問することができたら、もう答えは要らないのです。ベルグソンもそう言っています。僕ら人間の分際で、この難しい人生に向かって、答えを出すこと、解決を与えることはおそらくできない。ただ、正しく訊《き》くことはできる……（本書一二六頁）。「信ずることと考えること」の約十年前、昭和四十年六十三歳の夏、世界的数学者、岡潔《きよし》と京都で行った対談「人間の建設」では、こう言っています。——ベルグソンは若いころにこういうことを言っています。問題を出すということが一番大事なことだ。うまく出す。問題をうまく出せば即《すなわ》ちそれが答えだと。この考え方はたいへんおもしろいと思いましたね。いま文化の問題でも、何の問題でもいいが、物を考えている人がうまく問題を出そうとしませんね。答えばかり出そうとあせっている……(「小林秀雄全作品」25)。ベルグソンは、小林秀雄が高校時代から傾倒しつづけた哲学者です。

この、物を考えている人たちが、「答えばかり出そうとあせっている」さまは、現代にかぎったことではありません、「本居宣長補記Ⅰ」で小林秀雄はさらにこう言います、――先生の問いに正しく答えるとは、先生が予《あらかじ》め隠して置いた答えを見附け出す事を出ない。藤樹《とうじゅ》に言わせれば、そういう事ばかりやっていて、「活潑《かっぱつ》融通の心」を失って了《しま》ったのが、「今時はやる俗学」なのであった。取戻さなければならないのは、問いの発明であって、正しい答えなどではない……(同28)。「藤樹」は江戸時代の儒学者、中江藤樹で、本居宣長らが後に続いた近世の学問を最初に切りひらいた人です。

藤樹の言う「今時はやる俗学」とは、孔子がひらいた人間の学を受け継いでいるはずの儒学者でありながら、柔軟そのものであった孔子とは似ても似つかぬほど頭が硬直した学者たちとその言論、といった意味ですが、近代、現代の教育システムが来るところまできている平成現代においては、学者たちだけではなく誰も彼もが「活潑融通の心」を失ってしまっています。私たちは、物ごころがつくかつかぬかの頃から正解ばかりを求められてきました。それが小学校へ入るやいっそう過酷になり、中学、高校と来る日もくる日も試験で正解を求められ、大学入試となるやそれは寸分の誤解も許されないというほどの正解地獄に引き据えられてきました。「先生が予め隠して置いた答えを見附け出す事」、そのことばかりを強制されてきたのです。

この世に生れて、人間社会の一員として生きていくためには、子供のうちに人間社会の決りごとを叩《たた》きこむ必要はあります。その決りごとの代表が「読み書きそろばん」であり、これを叩きこむのが教育であるとすれば、小学校、中学校までは親や先生に正解正解とうるさく言われるのもやむをえないでしょう。このあたりについては、小林秀雄も教育は訓練だと、物理学者湯川秀樹《ひでき》との対談で言っています（同16）。しかし、高校生、大学生となるにつれて、ましてや社会に出てから大事なことは、一途《いちず》に正解を探すことではありません。そもそもこの世には、誰の眼にも正解とされているることなどわずかでしかないとは、大人になってからの私たちがさんざん思い知らされてきたことです。

誰のものでもない自分の人生を、潑剌《はつらつ》と独創的に生きていくために必要なことは、答えを手にすることではない、問いを発明することだ、自分自身で人生に上手に質問することだ、小林秀雄はそう言います。そして、上手に質問するにはどうすればよいか、小林秀雄はそれも具体的に教えています。ひとことでいえば、上手な質問か下手な質問かは、質問する当人にとってそれが切実であるかそうでないかです。ジャーナリズムの扇動や流行に乗って、右か左か、賛成か反対かと世論調査のように訊く、これがいちばん下手な質問です、小林秀雄が最も嫌った質問です。

小林秀雄が、若者たちに、うまく質問してくれよと言った気持ちの底には、彼らに質問してもらうことによって、自分自身の思索をより深めたいという思いもありました。まさに言葉による創作劇としての対話への期待がありました。その一端が、「文学の雑感」の講義録にも、「信ずることと知ること」の講義録にも現れています。「文学の雑感」では、在原業平《ありわらのなりひら》の辞世に対する契沖《けいちゅう》の批評にふれていますが、それと同じことを質疑応答でも言っています。「信ずることと知ること」では、本居宣長の言う「身交《むか》ふ」に言及していますが、同じことを質疑応答でも言っています。ということは、講義の段階では、小林秀雄は契沖の批評、本居宣長の「身交ふ」、いずれもそこまでは踏み込んでいなかったのでしょう、しかし、学生から「まごころ」について、「考える」について質問を受けて、これはきちんと講義録に組み込んでおく必要があると思ったにちがいありません。学生の質問を、小林秀雄は自分自身にとっても切実な問題として聞き取ったのです。

（元新潮社編集者）

この作品は平成二十六年三月新潮社より刊行された。

表記について

新潮文庫の文字表記については、原文を尊重するという見地に立ち、次のように方針を定めました。

一、旧仮名づかいで書かれた口語文の作品は、新仮名づかいに改める。
二、文語文の作品は旧仮名づかいのままとする。
三、旧字体で書かれているものは、原則として新字体に改める。
四、難読と思われる語には振仮名をつける。

なお本作品中には、今日の観点からみると差別的表現ととられかねない箇所が散見しますが、著者自身に差別的意図はなく、作品自体のもつ文学性ならびに芸術性、また著者がすでに故人であるという事情に鑑み、原文どおりとしました。また、明らかに誤植だと思われるものは修正しました。

（新潮文庫編集部）

小林秀雄著

Xへの手紙・私小説論

批評家としての最初の揺るぎない立場を確立した「様々なる意匠」、人生観、現代芸術論などを鋭く捉えた「Xへの手紙」など多彩な一巻。

小林秀雄著

作家の顔

書かれたものの内側に必ず作者の人間があるという信念のもとに、鋭い直感を働かせて到達した作家の秘密、文学者の相貌を伝える。

小林秀雄著

ドストエフスキイの生活

文学界賞受賞

ペトラシェフスキイ事件連座、シベリヤ流謫、恋愛、結婚、賭博——不世出の文豪の魂に迫り、漂泊の人生を的確に捉えた不滅の労作。

小林秀雄著

モオツァルト・無常という事

批評という形式に潜むあらゆる可能性を提示する「モオツァルト」、自らの宿命のかなしい主調音を奏でる連作「無常という事」等14編。

小林秀雄著

本居宣長

日本文学大賞受賞（上・下）

古典作者との対話を通して宣長が究めた人生の意味、人間の道。「本居宣長補記」を併録する著者畢生の大業、待望の文庫版！

小林秀雄
岡潔著

人間の建設

酒の味から、本居宣長、アインシュタイン、ドストエフスキーまで。文系・理系を代表する天才二人が縦横無尽に語った奇跡の対話。

ドストエフスキー
木村浩訳
白痴（上・下）

白痴と呼ばれる純真なムイシュキン公爵を襲う悲しい破局……作者の〝無条件に美しい人間〟を創造しようとした意図が結実した傑作。

ドストエフスキー
木村浩訳
貧しき人びと

世間から侮蔑の目で見られている小心で善良な小役人マカール・ジェーヴシキンと薄幸の乙女ワーレンカの不幸な恋を描いた処女作。

ドストエフスキー
千種堅訳
永遠の夫

妻は次々と愛人を替えていくのに、その妻にしがみついているしか能のない〝永遠の夫〟トルソーツキイの深層心理を鮮やかに照射する。

ドストエフスキー
原卓也訳
賭博者

賭博の魔力にとりつかれ身を滅ぼしていく青年を通して、ロシア人に特有の病的性格を浮彫りにする。著者の体験にもとづく異色作品。

ドストエフスキー
江川卓訳
地下室の手記

極端な自意識過剰から地下に閉じこもった男の独白を通して、理性による社会改造を否定し、人間の非合理的な本性を主張する異色作。

ドストエフスキー
原卓也訳
カラマーゾフの兄弟（上・中・下）

カラマーゾフの三人兄弟を中心に、十九世紀のロシア社会に生きる人間の愛憎うずまく地獄絵を描き、人間と神の問題を追究した大作。

スタンダール
大岡昇平訳
パルムの僧院（上・下）
〝幸福の追求〟に生命を賭ける情熱的な青年貴族ファブリスが、愛する人の死によって僧院に入るまでの波瀾万丈の半生を描いた傑作。

スタンダール
小林　正訳
赤　と　黒（上・下）
美貌で、強い自尊心と鋭い感受性をもつジュリヤン・ソレルが、長年の夢であった地位をその手で摑もうとした時、無惨な破局が……。

スタンダール
大岡昇平訳
恋　愛　論
豊富な恋愛体験をもとにすべての恋愛を「情熱恋愛」「趣味恋愛」「肉体的恋愛」「虚栄恋愛」に分類し、各国各時代の恋愛について語る。

バルザック
石井晴一訳
谷間の百合
充たされない結婚生活を送るモルソフ伯爵夫人の心に忍びこむ純真な青年フェリックスの存在。彼女は凄じい内心の葛藤に悩むが……。

バルザック
平岡篤頼訳
ゴリオ爺さん
華やかなパリ社交界に暮す二人の娘に全財産を注ぎこみ屋根裏部屋で窮死するゴリオ爺さん。娘ゆえの自己犠牲に破滅する父親の悲劇。

モリエール
内藤　濯訳
人間ぎらい
誠実であろうとすればするほど世間とうまく折り合えず、恋にも破れて人間ぎらいになっていく青年を、涙と笑いで描く喜劇の傑作。

モーパッサン
新庄嘉章訳
女の一生

修道院で教育を受けた清純な娘ジャンヌを主人公に、結婚の夢破れ、最愛の息子に裏切られていく生涯を描いた自然主義小説の代表作。

モーパッサン
青柳瑞穂訳
脂肪の塊・テリエ館

〝脂肪の塊〟と渾名される可憐な娼婦のまわりに、ブルジョワどもがめぐらす欲望と策謀の罠――鋭い観察眼で人間の本質を捉えた作品。

青柳瑞穂訳
モーパッサン短編集（一～三）

モーパッサンの真価が発揮された傑作短編集。わずか10年の創作活動の間に生み出された多彩な作品群から精選された65編を収録する。

メリメ
堀口大學訳
カルメン

ジプシーの群れに咲いた悪の花カルメン。荒涼たるアンダルシアに、彼女を恋したがゆえに破滅する男の悲劇を描いた表題作など6編。

ユゴー
佐藤朔訳
レ・ミゼラブル（一～五）

飢えに泣く子供のために一片のパンを盗んだことから始まったジャン・ヴァルジャンの波乱の人生……。人類愛を謳いあげた大長編。

フローベール
芳川泰久訳
ボヴァリー夫人

恋に恋する美しい人妻エンマ。退屈な夫の目を盗み重ねた情事の行末は？　村の不倫話を芸術に変えた仏文学の金字塔、待望の新訳！

T・マン
高橋義孝訳
トニオ・クレーゲル
ヴェニスに死す
ノーベル文学賞受賞

美と倫理、感性と理性、感情と思想のように相反する二つの力の板ばさみになった芸術家の苦悩と、芸術を求める生を描く初期作品集。

T・マン
高橋義孝訳
魔の山
(上・下)

死と病苦、無為と頽廃の支配する高原療養所で療養する青年カストルプの体験を通して、生と死の谷間を彷徨する人々の苦闘を描く。

ヘッセ
高橋健二訳
デミアン

主人公シンクレールが、友人デミアンや、孤独な神秘主義者の音楽家の影響を受けて、真の自己を見出していく過程を描いた代表作。

ヘッセ
高橋健二訳
車輪の下

子供の心を押しつぶす教育の車輪から逃れようとして、人生の苦難の渦に巻きこまれていくハンスに、著者の体験をこめた自伝的小説。

ヘッセ
高橋健二訳
シッダールタ

シッダールタとは釈尊の出家以前の名である。本書は、悟りを開くまでの求道者の苦行を追いながら、著者の宗教的体験を語った異色作。

高橋健二訳
ヘッセ詩集

ドイツ最大の抒情詩人ヘッセ——十八歳の頃の処女詩集より晩年に至る全詩集の中から、各時代を代表する作品を選びぬいて収録する。

ゲーテ
高橋義孝訳
若きウェルテルの悩み

ゲーテ自身の絶望的な恋の体験を作品化した書簡体小説。許婚者のいる女性ロッテを恋したウェルテルの苦悩と煩悶を描く古典的名作。

ゲーテ
高橋義孝訳
ファウスト（一・二）

悪魔メフィストーフェレスと魂を賭けた契約をして、充たされた人生を体験しつくそうとするファウスト——文豪が生涯をかけた大作。

高橋健二訳
ゲーテ詩集

人間性への深い信頼に支えられ、世界文学史上に不滅の名をとどめるゲーテの、抒情詩を中心に代表的な作品を年代順に選んだ詩集。

高橋健二編訳
ゲーテ格言集

偉大な文豪であり、人間的な魅力にもあふれるゲーテ。深い知性と愛情に裏付けられた言葉の宝庫から親しみやすい警句、格言を収集。

ジッド
山内義雄訳
狭き門

地上の恋を捨て天上の愛に生きるアリサ。死後、残された日記には、従弟ジェロームへの想いと神の道への苦悩が記されていた……。

ジッド
神西清訳
田園交響楽

彼女はなぜ自殺したのか？ 待ち望んでいた手術が成功して眼が見えるようになったのに。盲目の少女と牧師一家の精神の葛藤を描く。

新潮文庫最新刊

石田衣良著

清く貧しく美しく

30歳・ネット通販の巨大倉庫で働く堅志と28歳・スーパーのパート勤務の日菜子。非正規カップルの不器用だけどやさしい恋の行方は。

山本文緒著

自転しながら公転する

中央公論文芸賞・島清恋愛文学賞受賞

恋愛、仕事、家族のこと。全部がんばるなんて私には無理!　ぐるぐる思い悩む都がたどり着いた答えは——。共感度100%の傑作長編。

瀬名秀明著

ポロック生命体

人工知能が傑作絵画を描いたらどうなるか?　最先端の科学知識を背景に、生命と知性の根源を問い、近未来を幻視する特異な短編集。

望月諒子著

殺人者

相次ぐ猟奇殺人。警察に先んじ「謎の女」へと迫る木部美智子を待っていたのは!?　承認欲求、毒親など心の闇を描く傑作ミステリー。

遠田潤子著

銀花の蔵

私がこの醤油蔵を継ぐ——過酷な宿命に悩みながら家業に身を捧げ、自らの家族を築こうとする銀花。直木賞候補となった感動作。

伊藤比呂美著

道行きや

熊日文学賞受賞

夫を看取り、二十数年ぶりに帰国。〝老婆の浦島〟は、熊本で犬と自然を謳歌し、早稲田で若者と対話する——果てのない人生の旅路。

学《がく》生《せい》との対《たい》話《わ》

新潮文庫　こ－6－11

平成二十九年二月一日発行
令和四年十一月二十日二刷

講義　小《こ》林《ばやし》秀《ひで》雄《お》
編者　国民文化研究会《こくみんぶんかけんきゅうかい》・新潮社
発行者　佐藤隆信
発行所　株式会社新潮社
郵便番号　一六二―八七一一
東京都新宿区矢来町七一
電話　編集部(〇三)三二六六―五四四〇
読者係(〇三)三二六六―五一一一
http://www.shinchosha.co.jp

価格はカバーに表示してあります。

乱丁・落丁本は、ご面倒ですが小社読者係宛ご送付ください。送料小社負担にてお取替えいたします。

印刷・株式会社精興社　製本・株式会社大進堂

ISBN978-4-10-100711-3　C0195